主编　凌翔

当代著名作家美文自选集

待到梨花落

卢小夫　著

天津出版传媒集团

天津人民出版社

图书在版编目 (CIP) 数据

待到梨花落 / 卢小夫著 . -- 天津：天津人民出版
社，2020.12
（当代著名作家美文自选集 / 凌翔主编）
ISBN 978-7-201-16843-2

Ⅰ.①待… Ⅱ.①卢… Ⅲ.①散文集—中国—当代
Ⅳ.① I267

中国版本图书馆 CIP 数据核字（2020）第 242220 号

待到梨花落
DAIDAO LIHUA LUO

出　　版　天津人民出版社
出版人　刘　庆
地　　址　天津市和平区西康路 35 号康岳大厦
邮政编码　300051
邮购电话　（022）23332469
电子信箱　reader@tjrmcbs.com

责任编辑　岳　勇
封面插画　吉建芳
装帧设计　陈　姝
主编邮箱　jfjb-lx2007@163.com

印　　刷　唐山楠萍印务有限公司
经　　销　新华书店
开　　本　710 毫米 ×1000 毫米　1/16
印　　张　14
字　　数　200 千字
版次印次　2020 年 12 月第 1 版　2020 年 12 月第 1 次印刷
定　　价　68.00 元

序 触动心灵的文字

李汉荣

我虽然没见过卢小夫，但他的散文我已通过网络或邮件读过不少，感觉这是个诚恳、博学、善于思考和表达的优秀作家。自古湖湘出才子，也出志士。他的文字，既洋溢着才气和灵气，也饱含着志气和豪气，志以才养，才以志立，发而为文，才志互映，乃成为有才情有筋骨的好文章。

他从一辆自行车的来去，看出世道人心的变迁；从一块黄河边捡到的石头，解读历史的密码和一个古老族群的心灵传记；他在西藏的感受何等地细腻丰富，而且深刻，我去过西藏，山高缺氧颇感身体不适，回来只写了一组短诗，感觉西藏高峻而神秘，岂是匆匆一游就能窥其堂奥和无限深意。可能是缺少发现，也是偷懒吧，我再没敢对西藏写点什么。而小夫怀着虔诚的朝圣热情到了西藏，在缺氧的地方却饱吸了精神的氧气、信仰的氧气、生命的氧气。读他关于西藏的文字，我反省了自己，觉得自己到了那么高、那么洁白、那么离苍穹和神性最近的地方，却没有得到精神应有的提升和增益，觉得自己应该再去一趟西藏，而且想着一定要请小夫同去，做我旅途的向导和心灵的引导。

小夫读书多，不仅文学，史学、哲学、美学、佛学，以及自然科学，他好像都有涉猎和钻研，我没有与他交流过读书，但从他的文字里感觉到他广读博采的积淀，这就避免了一般写作者把记游文字写成浮光掠影、到此一游的"景观门票一览表"，把记事文字写成乐于助人的好人好事表扬稿或忙于害人的坏人坏事曝光表，把记情文字写成拿自家愉悦或悲情为由头并放大或夸大的矫情文、煽情文、小资文或催泪文。小夫无论记游、记事、记情，均有生活体验和生命体验的厚实底子，更重要的是他有着因广读博学而得的学问涵养、因严格修为而得的道德修养、因长期自我教育而得的生命教养作为文字后面的深广背景，这就使他的文字既有着生活的宽度，也有着情感的厚度和思想的深度，加之他总是怀着对母语、对文学的一份敬重和严肃，运笔落墨是谨慎、干净、凝练的，他的文字里有一种温厚的美感和诗意。

小夫从自己多年写作的众多散文里精选一部分结集出版的想法，好像去年就和我说过，我们也说到过如今书太多太多，一定要精选自己满意的好的文字来捧给读者。什么是好的文字？先问，什么是好人？好人就是真诚而有美德的人。好文就是真诚而有美感的文字。我祝贺小夫这本散文精选集出版，相信他会写出更多真诚而有美感的文字，写出更多触动心灵的文字。

代序

杨年华

　　非常偶然地接到卢小夫先生的信息，特邀我帮他写一篇新出版的散文集的序言。其实，这也是十分顺理成章之事，我与卢小夫先生虽说接触不多，时间也不长，是作家文学和百姓文学在拉萨的颁奖采风活动中认识的，我又很荣幸被南国文学社社长卢小夫先生聘为文学社学术顾问。出席颁奖大会，让我讲讲在西藏，或是在西藏最艰苦的地方阿里工作与生活了十六年的真实故事，没有想到，我的演讲真实地感动着大家，迎来了一阵又一阵热烈掌声。最主要的是我也情不自禁地融入到了抒写创作西藏这片圣地的行列，不能自拔，正豪情满怀地不断挖掘着。认识卢小夫先生就在这次会上，他给我留下的印象很深，在研讨会上他慷慨激昂发言记忆犹新。曾记得，我们在酒店与来自全国各地的作家们联欢活动之后，他与李景先生送我下楼，并以散步的方式，脚走送出了很远很远，我们一路很投缘地谈了许多。于是乎他把散文集《待到梨花落》的稿子用微信发给了我，让我慢慢赏读着，渐渐走近了他的散文世界。卢小夫先生写的散文集，每一篇都短小精干，短得让人一口气读完，但读起来很轻松自若，有些飘洒与浪漫、激情与高傲、启迪与升华。宛如雅鲁藏布江江水一样清澈见底，一朵洁白无瑕的白云，一弯五彩缤纷的彩虹，一双展翅翱翔在浩瀚天宇的雄鹰，让人意味深长。正如他所写："蝶为谁舞？花为谁开？千古化蝶是谁的爱情？不息的春江啊，为何奔流？我真羡慕那花蕊上的蜂，草丛中的蝶……春依旧，情难再。草儿正青，梨花渐落。蜂闻香而去，蝶恋花中舞……"散文里也有描写蓝天白云、高山大海、白雪湖泊、江河草原、牦牛苍鹰，还有平静的生活与激情的岁月。很自然地就把读者带入"特定的场景"里，中国母亲的山村，家乡的景物风貌，更是他本人对家乡情有独钟，对家乡独特情感全部与人生感悟的升华。正因为有他对家乡的迷恋，对泱泱中华大地的情感，才有无限的抒发与感慨，依恋与释怀。

品读着他的散文确实感觉很自然朴实，丝毫没有故意雕琢之感，文字朴实无华，语言却生动活泼，源于自然而又有些超乎自然，更多的是来源于他对生活几十年的感悟之深，情真意切的原汁原味，这就是卢小夫先生的作品给我的最初印象与感觉。正如文学泰斗周明先生对文学作品语言的主张：要有张力，有弹性，有动感，有柔韧度，能给读者以想象空间的这种文体所需的语言特色，与散文语言的隽秀，诗歌语言的灵性。摒弃或杜绝那种干涩的、生硬的、枯燥的、僵死的没有味觉与色彩。卢小夫先生的散文字里行间，也在运用与实践中，显露无余。

让我更欣慰的是，卢小夫先生的书终于要出了，这是他勤奋与刻苦，不断耕耘的结晶与浓缩，是他不断地耕耘着中华这片具有悠久文化历史，独特民风民俗，灿烂文明的肥沃田地奖赏。结出硕果总是有因缘的，在我看来，今天散文集的出版这只是卢小夫先生对文学执着追求与持之以恒地努力拼搏的一个片段，或是一个小章节，均是对博大精深的中华文化熏陶下的必然产物。我真挚的希望卢小夫先生的这本散文集出版，只是他步行文学殿堂的一朵小小浪花，是开端与起步，需乘势而上。希望他创作出更多更优秀的走向中国、走向世界的文学佳作，讲好做足"中国故事"这个主题。绽放出绚丽夺目，惊艳世人的花朵来，为中国的文学事业繁荣昌盛添砖加瓦，贡献自己的有生力量。

2019 年 11 月于拉萨

（中国电影家协会理事、中国电影文学学会理事、西藏戏剧家协会副主席秘书长、著名作家）

目 录

第一辑　叶落纷纷

落花流水春去也。

花开过要瘦，叶青过要黄。

世间的万物，又有谁能逃过季节的
更替？

踏雪思梅

才一个转身的时间，屋前屋后的雪，渐渐地融化了，越来越少。冬天本来已是光秃秃的山坡，雪水洗过，岩石突兀，更显现出一条条的沟沟壑壑。枯萎的野草、干巴的树枝把雪褪尽，尽显出一身的沧桑。

雪走得是如此的匆忙，独剩我彷徨。面对眼前一堆堆残存的积雪，如人走席散，留下的是满地的狼藉。傍晚融雪的寒气是特别的刺骨，一种遽然的疼痛如一把锋利的刀尖，直透了我的心房。红尘滚滚啊，就那么几天，洁白的雪就不见了。

"此情可待成追忆，只是当时已惘然。"人间的情爱，又何曾不是一场雪呢？来时如痴如醉，缠缠绵绵；散时凄凄凉凉，无踪无影了。雪来的时候，是多么的欢快。她一小朵、一小朵地飘下，把自己细细地打扮，如银装素裹，洁白无瑕。她怀揣着一颗纯情纯性的心，直奔自己的花季，倾霄汉之情怀，舍云天之高远，义无反顾，袅袅万千柔情；她倾情相许，如飞蛾扑火去奔一场爱恋，是那般轰轰烈烈；她许下的承诺，一夜之间就让天地动容，所有的情怀，只为了那一个经年的等待。

如果爱情是一场雪，你就是那年开在雪里的一朵梅花。在那个飘雪的季节，你站在墙角等我。毛茸茸的衣帽洒满了雪花，你美丽的容颜，就藏在那亮晶晶的雪花里。我看到有一双水灵灵的明眸，饱含了早春的颜色，灵闪在一张白里透红的脸庞。一朵带雪的梅花，瞬间绽放在我的世界。因你，我记住了一个季节；因你，那个冬天暖我三生三世。

　　那时，我问过你：冷吗？你说，不冷。

　　那时，你问我：冷吗？我说，怎么会冷呢？我们的热血沸腾了。青春的激情奔腾在每一根血管里。我为你弹去了帽上的白雪，轻轻地嗅着你那寒风中的梅香，从你的额头吻起，直吻到了你的冰心梅骨。你那看似欺霜赛雪的傲骨，瞬间在我的温暖里柔软，妩媚得一塌糊涂；你每一寸凝脂的肌肤，氤氲了千年的诗句，蕴藏了一季的芳华。四野无人，茫茫的雪地，只有我俩在相拥世界。我指江山相许，断流相赠；你说天地不合，我们就不散去。这时的我们真正拥有了天长地久。彼此的情话，暖了三冬，暖了我们之间的那一泓泉水咕咕，咕咕地流……

　　多么美丽、多么地温柔的你呀。虽然我们拥在数九的寒冬，却仿佛置身阳春的四月。爱若盛开，只需一朵，就会醉了季节，醉了欢乐流光。世界是如此的小，小到就在一吻之间；红尘是多么的美啊！美，全绽放在一朵梅花的花蕊。我们忘了身边的世界，忘了红尘烟火里的五谷杂粮；脚踩醒了路灯，踩碎了雪地的荒芜……直到夜把世界围起，我们总是用一句不老的誓言，在诠释一个千年不厌的文字。雪，越积越高，把两个人的影子蠹成了一座山峰。那山峰，正在我们的头上蓬勃地生长。就在一盏路灯下，在山峰里，我们不厌其烦地说着：我爱你……

　　雪还在不停、不停地飘下，染白了这一座山，却无法染白我们之间那一泓奔腾的泉流啊。飘舞的雪花，那是银河飞来的织女，一针一线，在缝补着一个千年不变的爱情故事吧。这个美丽的场景，就永远缝在了我今生的记忆里。

今日傍晚，我彳亍在这断壁残垣的雪地，如同行走在断章残句的诗行，只能凭着记忆拾掇起那些零星的句子。一首美丽的情诗，疼痛了枯草，疼痛了月光，疼痛了一条相思的路。举目四望，我再也找不到了曾经，只能抚摸到满坡的褶皱里那点点残留于岩石缝中的湿漉，那是岁月的眼泪。

"堪怜有情人，可叹雪中埋。"昔日的那朵梅花，今夜应开在何方？漫舞的雪花，此时又在谁的窗前飞舞？我不敢想，不想了……想，就会让心头的血，滴落在这无边的雪地荒郊。凄凉的晚风，一阵一阵地刮来，摧枯了树木，吹凉了茫然的雪痕，抖颤着我沉重的双腿，我携着一个孤独的灵魂，游荡在这融雪的傍晚。明天，雪还会更加地融化，明天还有谁来抚平我踩下的脚印？

"逝者如斯夫，不舍昼夜。"再回首，那一场雪走了。她融化了，融化在我踏雪思梅的望眼里。

待到梨花落

　　风柔了，树叶嫩了，花儿开了。一夜春风拂过江南，所有垄垄亩亩绿油油的，软软绵绵直油遍了我的心田。暖风拂动柳枝，拂动小草，拂动清波，拂在我的脸庞，通身渐渐热乎起来。

　　多么美丽的阳春四月，我张开了双臂，好想对着远方呼喊。此时有痛楚溢来，那是醉了后的一种无名的寂寞。我搂一把阳春里薰人的风，捧起一捧温暖的阳光，拥着这美好的景色，高高地站在梨树的枝头。远眺，却是四顾茫然。

　　这薰衣草般的季节，是从最粗的那根枝丫的第一个春天里走来，从岁月的岩石缝里长出的第一根根须里走来，是从原野沉睡的梦里走来，从干涸的河床开始漫涨的春潮里走来，是单纯的、迷糊的、骚动的、痴情的，全部都已经告别了，走丢了的、走过了漫长的冬季，又萌动在这个四月。

　　四月，我在风中曾作过无数的期盼，把梨花盛开的心思，交付与迎面而来的飒飒。风，起于青萍之末，止于草莽之间。自从风起，我就有了梦，有了远方，有了想象中的白马王子。你是一袭长风猎猎。我盼着你来拥我入怀，哪怕相吻一刻，愿随你到流水，到草丛，到风止的地方。我撑起了梨树的枝丫，站在风里等待；我幻想一场狂风暴雨的来临——暴雨里，蝴蝶飞了，蜜蜂飞了，桃花湿了，再也没有了飞溅的庸脂俗粉，没有了迷乱的眼神。我是一身冰清玉洁，争春而不争宠。只要有你，我就有了花事的世界，我的青春就不会跌落在荏苒的时光里。洁白，方显我的本色；无瑕，是我的灵魂。只有经过暴雨的洗礼，你才会蓦然回首，发现我的美丽无可比拟，才会惊叹于我"粉痕浥露春含泪，夜色笼烟月断魂"。我的风光，只能在清明的风雨中来临。我羞涩于万花丛中，欣喜在雷鸣电闪之间。在这个姹紫嫣红的日子里，万木争春，我也要争来我的春天。

雨后梨花开，我醉了。一朵朵的梨花，似吹响的喇叭，林子里起伏的鸟语正伴奏鸳鸯一曲，如烟如雾的花瓣，似一缕婚纱已披上了我的肩头。我们再来捻一把春光酿酒，盛于梨花心，干杯！醉在雨后的洞房，堆起千朵的梨花雪被，让三生只作今朝一吻吧。爱过，就此一刻。我要把这一季的芳华全部交付在你的风韵里。此生足矣，笑了浮生三千，笑了桃李满园。让这雨水湿过我的豆蔻年华，润到我粉嫩的心，待到春去秋来，孕育出青果挂满一树枝头。

真耶？幻耶？这是眼前的春光吗？应是一段久远的岁月吧。待到梨花落，君已成陌路。

一朵桃花，不迟不早，就开在了我寻春的路上。

雨过天晴，身边已是满园的春色。花儿都在绽放，像一个个叫春的爱恋女子顾盼秋波。有的已浓妆艳抹，有的还在舞弄一个发型的至微、一片口红的深浅、一道画眉的浓淡，躲在苞蕾的阁楼里卖弄风骚，秀来秀去。在这个季节，有了桃花盛开，一朵梨花注定寂寞千年。春天还没有结束，我的梦就跌落在乱花丛中，再无人拾起。

你饱含春风的笑靥，频频暗送朵朵的桃花，柳枝摇摆着你矫健的身姿，层层的林海涛声激越了我心中的旋律。我无法按捺住春天的渴望，我的心随风而去，拢一树烟雨盛开。你牵着她的手走在花前月下，携一朵桃花从我的身边飘过。桃花，用妖艳的眼神瞥我一眼，就和你躲进了"风流"中，只留下一缕余香，芬芳馥郁。我明白了，"谁人间须臾，却生波折惹情困"。她为何让你如此痴迷？原来，她莞尔一笑，收尽了三春颜色，她的芬芳，粉饰了千年的诗句，她的婀娜身姿是采撷了千蝶的妩媚。

　　我的泪滑落花边，我悄悄地吞下。我摘下一片绿叶遮掩我滴血的心。"既生瑜，何生亮？"命运却偏偏让我与桃花同园同世，盛开在同一个季节。我的洁白与她的妩媚，岂能同日而语？

　　如果，如果我今世在这个路口，攥不住你飘忽的双手，我的命运注定无果而凋；我的一往情深，注定葬身于滚滚的红尘。这难道就是我的宿命吗？

　　朵朵的花瓣，飘落在柔嫩的草尖。青青的草叶，嘴边还挂着吮吸残留的露珠。它们摇头晃脑是多么的可爱，那自得其乐的神情，如襁褓中的婴儿沐在母爱的怀里，真让人不忍心离去。此时，只有小草与我相依为命了。我紧紧地粘住小草，把最后的美丽自生自灭于草根，这是我唯一的希望呀。

　　你的脚步太匆匆，我的等待已无期。我就来蕴一片原野里初春的梦吧，把希望寄托于小草，让它续我春暖花开……春江水涌，花落如潮。我听到了有流水的拍浪声，随暖暖的风，一波一波泛过河床干枯的卵石，传来了亘古的潮起潮落。静听河床深处是久旱逢甘露的喜悦，此时该有多少恰似人间侣伴久别的呢喃。流水洗涤了所有尘封的日子，用万般的柔情抚平了往昔的伤怀。愤懑的、怨恨的、悲伤的、渴望的，是是非非往事休提了，就"怕流水年华春去渺"。自然万物，季节轮回，潮落了潮起，花谢了花开。独我拥有了春天，却丢了流光。一路上，让拍岸的春江迭落在无尽的沧海，盛开的粉红，憔悴在荒芜的桑田；曾经的山盟海誓，打湿了多少醒来的黎明；我所有负重而行的等待，已无法走到了重逢的路口。

有人说，给不了你一个世界，又怎么能给你一个春天。有人说，去把红尘看破。我若看破，蝶为谁舞？花为谁开？千古化蝶是谁的爱情？不息的春江啊，为何奔腾？我真羡慕那花蕊上的蜂、草丛中的蝶。前世五百次的回眸，才换来今生的一次擦肩而过。莫非你的辜负，是我的缘浅？

如果我今世的思念，只能等来来世季节的轮回，那么就让我把花开的种子，仍然种在这片寂寥的原野。然后，然后我仍在这个四月等你，等你小草青青的路边，等你梨花盛开的时候，等你春潮漫堤的汛期……

春依旧，情难再。草儿正青，梨花渐落。蜂闻香而去，蝶恋花中舞。此情此景便是眼前的春光，我犹迷离惝恍于远逝的春天里。

初冬遇银杏

红肥也罢，绿瘦也罢，于我似乎渐行渐远。在一个独自梦醒的清晨，偶尔有林海的涛声，在耳边回旋奔腾的节奏。我听到了，那可是北风在呜呜叫个不停。我知道，最后一朵，亦已转瞬成尘。一个枯瘦的季节，已经来临。"此花开尽更无花"，不知不觉中，我已把雪花预约。

雪，还在遥远的北方，我干脆裹严自己，做一个十足的"别里科夫"。什么都不想去留意。我把车停稳在早餐店的门口，走出。

一道炫目的光晕电到，随风灼痛了我的眼睛，像一座座金灿灿的山，堆积着金黄，朝上一个劲地簇拥。走近，是一片片黄透透的扇形叶子，如坠坠欲滴的乳汁，又如迎风招手的微笑。啊，在这个水已瘦、木已枯的季节，我竟遇见了如此美丽的银杏树。我的心，瞬间惊喜于惶恐之中，激荡在冰湖之下。蓦地感觉到岁月未曾苍老，寒风并不那么凌厉。一潭死水般沉寂了的河流，开始在我的血管里暗流汹涌。摇摆的银杏树叶相互撞击着，那沙沙作响之声如金元宝倾泻玉盘，又恰似金光闪闪的霓虹灯下摇曳一曲缠绵悱恻的旋律，"悠悠我心"。我仿佛置身于那个远去的阳春四月了。我张开了拥抱的双手，好想把一树金黄揽入，那是一种凄美的似曾相识，伴着记忆跃出了时空的隧道。我找着了在那个青葱的岁月里，别我数十载、隔我万重山的人，原来就在这蓦然回首之间。我心怯而力不从心，舒不展从前那有力的臂膀，敞不开往昔的情怀，无法抱住这一排排的银杏树……只是轻轻地捧起几片掉落的黄叶，但又担心捧的力度，怕伤了它的菱角。大自然的奥妙，精雕细刻是如此的精致，每一片叶子不大不小、不浓不淡、如扇如匾。诗从心中吟出，"欲把西湖比西子，淡妆浓抹总相宜"。久视着手掌的金黄，我心想这银杏树应是从绵绵的春雨中走来，从炎炎的烈日的煎熬中走来；它该摇落了多少梦碎的露滴，摇落了多少"长空雁叫"里的"霜晨月"？没有经年的风霜，怎染得成这般纯纯的金色？是数个寒来暑往，才换上这华丽的衣裳。不用一个经年，怎能有如此的金色年华，如此美到极致的惟妙惟肖？历两个季节，怎么个渡尽劫波，熬过秋风扫落叶的折磨？它应当来自常年冰雪的高原，见惯了冷的残酷；它应当来自千年的盛唐，才如丝绸那般巧夺天工；或许，更远古——托于亿万斯年之间，蕴于茫茫草原的马肚里，莽莽森林的大象粪土中，一粒种子含入惊鸿掠雪而过的嘴边，在一个偶然的时空，掉落于我眼前的一方水土；饮千年沧海，植万年桑田，历经千万次的发芽、生长，才换来给我的这一回眸，才有如此华丽的转身。万物凋敝，朔风千里。银杏树却以它的风韵惊艳了这个冬天。

醉了，我醉了。"青袍如草，得意还年少。"两句宋词随簇簇的银杏树叶晃乱了时空，我流连在烟花宋词里。醉里赏景，词如泉涌。我忘却了岁月的蹉跎，忘了今夕何夕，忘了季已凋敝。乱花飞溅，是在一片无边无垠、金灿灿的油菜花里，是夕阳下金色的波涛，我和你泛来一叶轻舟……还有无数的念头，像疯长的青草，翻过无尽的沙漠……我的想象长上了翅膀，它的内涵愈发沉甸，我愈发觉得眼前的银杏树，是无比的尊贵，愈发觉得它候在风中，待我一见，已等千年。我用脸轻轻晤近，喃喃呓语，你等我千年，我定携君万里！

我真携君万里吗？万里之外，是大雪纷飞啊。伤怀骤起，我怎么又忽觉人生如季？走马观花，风云变幻。很多美好的东西，总是在你寻觅的时候不见，如一条江河，总要等到落木无边、秋水易寒才显山露水，才款款迎你亲近河床的心底；如一棵银杏树，有谁曾留意过它的青涩年华？有谁曾惦记那万花盛放的季节，银杏树叶悄然绽开的心事？就这样，许多美好的年华被寂寞打发，许多花红柳绿葬身滚滚红尘，许多风光无限，因诗人缺席而烟消云散。

我转身四顾，是萧萧风起。寒风，凌乱了我的头发。有一阵寒气，从鼻尖刮到耳根，吹过渐瘦的流水，吹过唐宋千年，微颤到陷入沉思中的我。我原以为在这个冬天，除了看雪景，还是雪景，匆匆之间，已把雪期预约，它就在奔来的路上……我怎能毁约呢？在我迷茫的季节，所有的名花名木，都别我而去，独它以花的笑靥，对我招手，一天一天向我靠近。我一时激动，就许了大雪过后，许它一个春天，许它十里桃花。

银杏树，这么长的时间，我早已没了你的印象，我怎么也想不到在这个冬天会遇见你。春天，我到过这里；秋天，我也常常光顾。倘若你似春花弄首，你似荷花舞姿，你若似菊花吐一口淡淡的清香，我定能看到你。你偏偏那般沉默地待在你的世界，瞥我行色匆匆。待我心灰意冷，待我的心开始雪藏，万物开始雪藏，你就褪去一身的青色，换了一身华装，粉墨登场。让我一时手足无措，万一大雪来了，把你厚厚地覆盖，让你在寒冷中挣扎。我是该离去，还是用我的体温焐热你身上的冰寒？我不能说走就走，弃你于不顾吧。我又不敢久待，大雪就在奔来的路上。我该怎么办呢？佛，你既施舍了万物以春心，也曾动我以春情，当我在青葱的岁月钟情于银杏树般的美丽，你却让它悄然消失，只让这份美丽定格在我的记忆里。你怎么就不让它曾经在我的季节里再现一轮？我在众里寻她千百度。我把唐诗宋词翻遍，尽是桃花女子，尽是"女郎折得殷勤看，道是春风及第花"。数十载韶华已过，就再也没有遇见，这金灿灿的银杏树，如银杏树那般高贵美丽的女孩。

银杏树，你快快摇落一身金黄吧，趁雪花还没有染白我的头发，趁温度还没有降至零下，趁心中还有余热的激荡，你就用金黄的叶片，重重叠叠地把我盖上，让我与你冷暖共知，让我在你怀中写诗，让我写满每一片叶心，留作日后相认的见证吧。

最后一句写上，今生无法承诺，来生再约；我会从春天，等到冬季。

愁在今秋

秋来了，她拉了一下我的衣角，送来了一阵熟悉的凉风。待我去追寻，又见不着她的模样，我只知道她无处不在。

秋风吹拂着清波，清波荡起涟漪，吹拂着柳枝，柳枝随着风的方向摇摆，吹拂着落叶，落叶随风而去，吹拂着月光，月光洒在清凉的影子里，吹拂着一阙宋词，凝重了我经年的愁思。

我踱步在月下。圆月在天，伴我一步一步。我的心思不知有多少被她窥探。月白风清，我敞开了胸怀。我知道假如那年我们不曾相遇，你的季节不会停留在秋；假如那年此刻不遇，今夜你的月光不会挂在树梢；假如那年此月此日此刻，我不曾对你信誓旦旦说要白头偕老，也许你的青丝依旧。就是在那个初秋，我许你的时候，还是郁郁葱葱，如今因我，你却满头金黄，日渐白头。是的，我记得，你曾经就在这里说过，只要我走在月下，你就会化作秋风扑入我的怀中，你就会执我之手，伴我秋夜散步，用你的心照着我的影，与我寸步不离、如影相随。每一个角落里都有我们曾经的身影。那池塘的银波中，有一轮圆月挂在枝头，不就是我们窃窃私语的地方？有一片落叶飘在水上，那是我们撑起的小船，说是要去南山的脚下，去世外的桃源。我们要在那山下拾掇满坡的落叶，生起人间烟火。再用一块三生石头做一个石磨，把月光伴着五谷杂粮，你推我磨，做成一个很大很大的月饼。我们就坐在那月饼旁，枕青草为床，铺月色为被，酌秋露为饮，饿了咬一口，困了睡一觉。看星光闪烁，看日起日落，直看到满山金黄，直看到秃顶头上，直看到天老和地荒。分手的时候，你说下一次你仍在这里等我。有下一次吗？不知你等了多久？不知那夜的雨为何总是不停，淋湿了我的窗台，淋湿了一个季节的思念，淋湿了一个月圆的梦。就这样一别天涯。就这样，赤绳老人松开了红绳的一端，独系我飘零。从此，我们的目光隔着山隔着水隔着天涯，隔了一个又一个的寒来暑往，隔了无数个世纪。从此，秋风吹在柳树，柳树把脖子伸歪，吹在白杨，白杨把翠叶飘落。虽然雨歇桂花依然飘香，云散明月还会临窗。但是从此终我一生，花在杯中，月在杯中。

把盏凄然北望。醉了我，瘦了谁？瘦了春秋，瘦了黄花，瘦了秋水寒波。我站在河堤久望，望穿了秋水，还是望不到你婀娜的身姿。只有落叶飘飘，只有雁唤成排，这都是要去哪里？能否带上我？我要牵着秋的手，揽于怀中。哪怕天涯，哪怕山重水复，哪怕穿越千年，就让我见见你吧，别躲着我。我不在乎你已憔悴的容颜，不在乎你已枯瘦如柴的身躯，不在乎你满目的凄凉，不在乎你蓬松的霜发。你也别说，帘卷西风，人比黄花瘦。你可曾知否我寻寻觅觅，冷冷清清，凄凄惨惨戚戚？

你就是我心中宋词里的女子。只有在宋词里，我才会真真切切感觉得到楚楚动人的你，魂牵梦绕的你。就让我回到宋词里去吧。我的心上人是一阕宋词，数十载她缠绕于我的梦境。梦里，有一个抚琴的女子，她是那么的优雅，是那么的端庄。

"年来肠断秣陵州，梦绕秦淮水上楼"，如果你在十里秦淮河上，我就是头戴巾帽，身穿宽博长衫，手执纸扇的书生。皓月当空，我们吟诗对唱，我来为你填词吧。

秋来了，待我去追寻，还是不见其模样。多么温柔的你呀，我感觉到了你的吻，印在我的脸上，沁入了我的心房，一直沁到了我身体的每一寸肌肤每一寸愁肠。我知道你就在我的身边，就是不愿见我！难道你真的要隔我千载宋朝，别我万年鹊桥？

秋风哟，请不要吹乱我的头发，我的发端里已添了好几根白发。秋叶哟，请飘入我的怀中，我的心里有一份思绪，因找不着一笺信纸，怎寄幽怀？

愁，连于心，始于秋。千年已过，我的心一直和你在一起。

落叶怨

秋走了，就是冬至，遍地是狼藉的落叶。风，似乎在为下一拨的来客不停地忙碌清空场所，为迎接霜雪的到来，一个劲地催促树枝上几片摇摇欲坠的树叶："走吧，走吧，到点了。"

我轻抚着树叶，有一种惺惺相惜之感。一份忘却了的痛楚从久远的时空随冷风而至，我感觉到了是一场轰轰烈烈的告别即将来临，我就是这枝丫上欲掉的树叶。

在那个初春的早晨，熏风吹拂，枝丫露出了蓓蕾的笑脸，给整个院子带来了春的气息，一片片的树叶，洋溢着一份份情窦初开的欣喜。从那一刻，我的心思弥漫了桃红柳绿，我日渐沉醉在每一个灿烂的阳光里。晨曦，露珠垂于叶尖，我见到有一双想捧起露滴的手，从炽热的眼神里伸出。那时我的一颦一蹙，都会让你一惊一喜。春风荡漾的时候，你悄悄地蹲在我的身边，着迷地看着我摇摆的舞姿。我听到了你无数次的呢喃，要与我奔赴花海，哪怕荆棘丛生；要与我守着天荒地老，哪怕山重水覆。每当春雨骤起，你总是把热切的目光拂过窗台，用一面墙的伟岸，撑起了伞的姿势，挡住了风对我的狂野。我们就躲在细细的蚕丝雨里，热吻着属于我们的季节。那绵绵的雨，是一缕一缕的情丝，曾给我带来了多少次润物细无声的快乐。雨过风停，在每一个朝朝暮暮，你总是热烈地向我奔来，用无与伦比的温柔，轻抚着婆娑的翠绿，让春天的热爱流淌在我的周身，直直沁入了我最末端的那个心尖。你说，只要看到我天天快乐，你就满足，你就今生无悔了。是你浓浓的爱，装点了我一树的春意盎然。我日夜生长着梦的翅膀向天空舒展，把绿色的梦幻织成一个个的网，爬满每一处的枝丫。

　　如果我是伫立在江南的那一条青石小巷里的女子，那你就是我远方的情郎。为了一份痴痴的思念，我把情书铺满了青石板路；为等着你的到来，我早早地把浓荫撑起，想给你一个浪漫的惊喜。你来的时候，正是雨季，招一招手，我们深情地拥在一起，忘了路上的行人，只听"雨打芭蕉叶带愁，心同新月向人羞"。

　　然而，自此你总是来匆匆，去匆匆。我见时愁，别时愁。多少的泪水，就在那挥手之间摇落，打湿了树根那一寸湿润的泥土，打湿了我的一季芳华。我曾想，这就是人间的爱情吗？我已习惯了你的来去匆匆，我不在乎了你曾经说过的朝朝暮暮，长相厮守；我开始原谅了你的别离，原谅了季节的更替。只要在招手之间，还能听到你的声音；在那刹那的回眸，还能看到你匆忙的背影，我也心满意足了。

　　那天，是初秋的时候，你说又要去很远的地方。你走了，带走了花好月圆，带走了阳春四月里的温柔。我把脚跟蹬在树的巅峰，作过无数次的极目远眺，盼你归来。我等来了日落西山，等来了秋水易寒，却未曾等到你从前的那份温柔。有雁过长天，有落木萧萧。触景生情，我一个寒战闪伤了腰身。从此，我的脊梁日渐弯曲，再也撑不开远眺的目光，只有无尽的心痛，像有一把锯子无刻不在锯落片片的树叶，然后漫无目的地飞舞。我分不清晨昏，找不着东西，飘在马路，就躁成了粉末；漂在水面，就随波逐流。在那个漂泊的日子里，有时挂在水之央突兀的礁石上，风雨摇曳；有时踟蹰在贝壳烂鱼的浅滩边，尽是满目的疮痍。日晒夜露，褪去了我绿色的希望；雨打浮萍，覆没了我青春的梦想。我的泪，虽然打湿不了一条河流的思念，但怎么也割舍不了一棵树的记忆啊。

记得你曾经说过，世界上最好看的是绿色。

记得你曾经说过，世界上最永久的是绿色。

你曾经说过，世界上的爱情就是永不褪色的我们。

你曾经说过，我是上苍给予你的无可复制的恩赐。

……

是吗？我的绿色还有几片尚存在树枝，而你的心却一去不复返了。自你归来，日渐深秋。你变得是如此之冷漠，变得让我捉摸不定，变得让我怀疑我曾经也有过春天。我感觉到了：你可怕的风中，有一股寒流渗透了你的目光，如一根根的钢针，直扎在我日复渐瘦的身躯。你没日没夜地刮起狂风，像疯了似的，总希望我尽快离开我久在的枝头，离开你的身边。是我苍老的容颜，让你无法忍受？还是北方的雪花，催你清空我的位置？事实呢，我走了，你更是"枯藤老树昏鸦"！

如果我不离去，也许你永远没有冬天。你可曾知否？每一份的美丽，都只是昙花一现，世间没有相同的一叶，再次与你相逢。树枝怎么能是雪花的久留之地呢？等到雪消冰融，她弃你而去，将会比你弃我而去更加的迅速。最终留给你的依然是漫漫的冬季。

冬至，万物凋敝。我终究逃脱不了飘零的命运，我又何必要去等到心已枯，叶已黄？何必要去看你带来的雪花，在我的眼前耀武扬威呢？你就把我吹落吧，让我潇洒地离去。我的绿色，只是一份虚拟给你的美丽，正如我们的爱情，只能在传说中永不褪色。

在这个初冬，就让我与风再作一次长吻吧，然后飘下。把美丽定格在这个季节，用永恒粉饰这红尘滚滚的俗世，让人们把我去读成如烟的柳叶吧，去一遍又一遍津津乐道，去重复我们昨天的故事。

茶之春

一缕缕的热气从杯中升起，飘飘逸逸，似一泓山泉云蒸霞蔚。刚刚还蜷缩着身子熟睡的茶叶，在开水的浸泡下，瞬间绽放出生命的活力。

它舒展开婀娜的身姿，片片如孔雀开屏曼妙曼俏，尽显出青青的本色。从叶片上冒出的水泡飘浮于水面，朵朵瓣瓣，似仙女洒满一池的花瓣。我的眼神游离在袅袅婷婷的热气里，如同走进了神话的故事，我应是那河边的牛郎，在偷窥欢快的仙女沐浴吧。

我紧握着茶杯，温暖从手心传来。我无法抗拒一种诱惑，那是久远的岁月里一份缥缈的温柔，隔着杯子快递到了我的每一根神经末梢。冰封了的心湖，转瞬是一阵莫名的荡漾，随后一朵羞涩的红云，翻过热浪的茶面，飘然而至我的脸庞。这杯醉人的茶，我还真不敢造次地喝下。

先闻一闻吧，我嗅到了有芳香扑面而来。那是一种熟悉的青春气息，从记忆里猝然而至。我有点心慌意乱了，莫非是经年怀揣的那份幽香，走出了漫长的冬夜？寂寥的夜，还有谁来解我忧愁？我无法按捺住骚动的渴望，轻轻地、轻轻地抿下一口。茶入口时，有一种青涩的苦味泛过慌乱的唇，有紧促的呼吸掀开了尘封的日子。我如烧红的木炭掉入杯中，是一种朦胧的晕眩。我似升入九天云外。茶水顺肠而下，渐入心肺，是沁人的甜蜜——我品茗到了一夜雨露的滋润，品茗了一季芳华的精髓。那是一杯阳春里的温柔啊，翻过荒芜的岁月，温了山花，柔了小草，温柔了我的心窝里那片广袤的茶地。

春风吹来，万物都洋溢着青春。昨天茶地上的茶树还那般不显山、不露水，一夜春雨醒来，茶叶崭露了头角，齐齐扬起了青春的胸脯。嫩嫩的毛尖沾珠带露，似出水的新鸭张头欢快，似带水的骄杨青翠欲滴……一株、一株相互簇拥着，铺开了万顷的碧绿，以青春之磅礴，惊艳了十里的茶地。远眺有三三两两的采茶姑娘，正埋头地采摘，双手像在钢琴上弹奏，与油油的绿色波浪相得益彰，奏响了这片原野里春天的旋律。

采茶的姑娘，你美丽的倩影曾装点过我迷乱的春心；你银铃般的声音蠕动了我四月里的春泥。我曾偷偷地在柔和的春光下，把你投过来的影子装进了少年的心房。你那肉乎乎的玲珑小手，就像你篮子里摘下的茶叶那般鲜嫩无比，也曾握住了我朦胧的梦，抚平了我多少莫名的忧伤。在我年少弱水三千的池塘，你就是我最美的涟漪。时光荏苒，几十载春秋而过。采茶的女孩，我今夜又想起了你。你是否还记得那个在你身边放牧的少年？你的那双白嫩的小手，如今是否刻下道道的岁月刀痕？你的青春韶华，有几许跌落在茶地的沟沟壑壑？

落花流水春去也。花开过要瘦，叶青过要黄。世间的万物，又有谁能逃过季节的更替？自诩智慧的人类，发明了"妙手回春"的成语，又有谁真正找到了帝王心中那不老的灵丹妙药？科技腾飞，上帝听到只不过是一笑而已；人力胜天，聊当一句阿Q的自慰吧。枯荣衰败，自古亦然。譬如朝露，去日苦多。芸芸的众生又有几人能参透这个自然规律？

唯有春天的茶叶，它集天地一夜之精华，沐春风数日之后，让青色的年华戛然而止了。在最美的季节，把最美的时光收割，然后珍藏到日久弥新。它无怨无悔，甜蜜的也罢，苦涩的也罢，全都卷起、打包了，隐于寻常的小巷，逸于案牍杯盏之间。它丢下身后无限的春光，让百花去争艳吧，让万木去争春吧。

待到落英缤纷，绿暗红稀时，再品茗。有人把杯长叹，"林花谢了春红，太匆匆。无奈朝来寒雨，晚来风。胭脂泪，相留醉，几时重。自是人生长恨，水长东"。唯茶，一个华丽的转身，成就了一世的芳名。

今日品茗，我不同的心境，又品出了一番不同的滋味。我怀想青春，我渴望春天。

有请春天

我是一只鸭子，睡在湖上。从去年的冬天怀抱着冰冷的湖水，入眠。

梦里的岸，长着荒草萋萋；梦里的风，还在嗖嗖作响。

大地早已苏醒。一场接一场的春风、一场接一场的春雨，趁着夜深人静在开始擦抹昨天的痕迹，想用一个"正能量"去教化一个"负能量"，想用明媚软埋一切怨气之声。

是谁，把我唤醒？应是窗外的鸟鸣。这个春天，一转眼就已经过半。一切还没有来得及感受料峭的春寒；未来得及试春江水暖、听潮落潮起。我一觉醒来，就到了仲春之季。

昨天的、前天的那些惊心动魄，那些苦风凄雨，那些在寒霜中凋零的草木，那些在冰雪中死去的飞禽、走兽，我是应忘记，还是该记忆？要不要，留念它们的故事，反思它们的死因？

就这样忘记吗？己亥末，庚子春，那个噩梦，犹在心。

这势，逆不可挡。

放晴，风一下子热了。还没有感到渐次的温差，热得，赶紧要脱下外衣。

雨，一天比一天，绵绵而细细。那么温柔的春雨呵，洒在脸上，像情人突然张开的吻。

花，开了。我还没有看到苞蕾，它就已经绽放，朵朵笑靥含春……所有能开的都在争艳，所有吐绿的，都吐出了嫩嫩的绿叶。

鸟儿，也不知道从什么时候开始来到了枝头。是否还是去年春天的那一群鸟？看它们那个叫得欢，有多少同类走丢，这似乎并不重要。

唱歌的唱歌，找食的找食，建窝的建窝。电线上、林子里，各门各类的鸟会，都在如火如荼……这个主旋律，以唱歌开始，以歌唱结束。

顺颂春光吧。面朝大海，春暖花开。因你赞美，我会更美；你若歌颂，我才有爱。

顺颂春光。把一首诗，写得简单，再简单。不要隐喻，更不要讽喻。直白再直白，直白到只有溢美之词。

顺颂春光吧。只有忘记，才可以从头再来。只有走出阴暗，才可以看到光明。

如果你不放下，我们怎么开怀？如果你耿耿于怀，我们又怎么相爱？

如果你的笔端只有无情，心中就只有秋风落叶；如果你的眼里只装着残酷，又怎可忘却冰封大地？

如果你总要打破砂锅问到底，要问季节轮回，要问风从何起，要问雨从何落，那么我们又如何来感恩春风送暖？如何来赞美满园春色？

是的，大地冻与暖，封与开，走与来，它都在那里！一寸未动。风还是那风，雨还是那雨。

你恨也罢，爱也罢。冬已矣，春正好。哪还有一丝残冬的痕迹留与你追忆？走了的，就表示感谢；逝去的，就立个碑吧。你在，我在，不是正好？你若安好，便是晴天。

有人问我，你真的就这样走入春天？真的不想、不忆、不问了？

你就这样融入春天，若春去秋来，若花开又花落，到时你又陡起伤感，谁会再相信你的眼泪？谁还听闻你的悲声？

还有那已经凋敝的小草、枯折的树枝，春风怎么也盖不住已存在的永恒的片片疤痕，谁来平复彼此的伤痛？同是一处草地，同在一棵树干，为何有青葱常绿，又有断枝残痕？

如果忘了寒冷的痛彻，又如何来感知温暖的真切？没有苦寒，哪来梅香？

是昨天和明天，才构成了今天。

见不了黑暗与见不了光明，同样是可悲的动物。比如黑暗之于鸡、鸭，是一种可怕的死亡，而于黄鼠狼、于蝙蝠又是幸运的时光，这也正如深渊之于人、陆地之于鱼。

林子里，只留一种鸟儿的歌声，这个林子迟早会寂寞；只许一线阳光照进，这个林子迟早会消失。

我，已无心赏春。我，感到羞愧而无地自容。我差点沦为温柔乡的奴隶；差点在鸟语花香里人云亦云，乐不思蜀了；差点背叛了生我养我的土地、自然和万物。

我要凭吊一根失去生命的小草，我在寻思一根折断的树枝，如果那个冬天，风不助力，雪不压身，它会折戟沉沙吗？我抚摸到了树枝断裂的伤处。

我只为那个创伤的地方悲伤！

有请春天，在你温柔之前回答我！

有请春天，在你美丽之前回答我！

有请春天，在你赞美之前，请你回答我！

茶之泪——茶楼有感

我只有世界，本无江湖，来自山野。坡坡坎坎，是我的家。生命，带着泥土；青春，生发于季节。一朝雨露，焕然一新。一切都由不得我想与不想，美与不美，不潇洒也得潇洒了。青葱的心思只要萌动，就会在第二天早晨露出尖芽。一天天风长在春光里，蓬蓬勃勃。婀娜的身姿日渐丰盈，绿色的青春啊，油得快要溢满山坡。那时，我是多么地骄傲，多想在风雨里唱歌，想时时摇摆美妙的身姿。

花开了，还有花落，直到硕果满枝；草青了，有夏虫鸣蝉，直至荒草萋萋；叶绿了，有寒霜风雪，最后叶落归根。而我，我的青春就这样昙花一现？我的前途一片渺茫。在最美的时候，我却跌落于红尘。从此，我游荡在风月场中，不分了晨昏；从此浸泡在灯红酒绿里，变得南腔北调。我的人生，成了别人茶余饭后的谈资。

我只有江湖，再无世界。

自从有人把我采摘带走，我的命运已身不由己。揉碎，我原以为就这样要粉身碎骨，蜷缩着身体，任尔揉揉蹴蹴。原来他们并非是要粉碎我，而是要把我打扮，好让我卖到更高的价钱。先揉尽了我从家乡山野里带来的那份稚气，然后曝晒，然后涂脂抹粉，包装、快递……

茶壶里沸腾的声音，一浪高过一浪在嘶喊，杀气腾腾，请君入瓮。终于伸来了几个指头，轻轻夹住我柔弱的身体，高高拎起，又扔下。我就这样跌落江湖，漂泊在茶壶的风波里……左冲右突，上下沉浮，有刽子手般的男女，正呼朋唤友，啸集大众。滚烫的开水，把我层层剥开，直至我已四肢无力，散开！散开！任君把盏吧。他们想干什么？

我在茶壶里笑看这芸芸众生。看那阵容，堂皇、冠冕，茶具一应俱全，一个个貌似儒人雅士、衣冠楚楚、两两三三，全都围着我，张着血盆的大口。

明明是一个风尘女子，她故作小家碧玉的模样，欲露还羞。她轻轻端起茶壶，往每一个人面前的杯子里娇娇地洒茶……这时，有一只咸猪手伸来五指，捏了一把那女子的小手。这还是握笔磨墨的手么？这还是翻经据典的手么？

罢了，罢了。炼狱重生，我依然笑傲江湖。我自壶中跃然杯盏，潇洒自如，尽舒青青本色。试看！我已披盔挂甲，旌旗麾动，在波光艳影里，在车水马龙的杯盏间。

奈何？腹有诗书气自华，我之诗书，是春秋沉淀的岁月；我之精华，是聚朝晖夕露。我在水中开枝散叶，片片舒展开春光里的神采——那是阳春四月里的芳华，那是缠绵春雨里的乳汁，如此的婀娜多姿，如此青春焕发……

他们在小饮慢品着我的汁液。抿一口，诧异一刹。那欣赏的神色，虽然未曾喜于言表，但是你看那醒酲的模样，哦哦呵呵、吞吞咽咽、欲罢还休的样子，醉生梦死的样子，摇尾乞怜的样子，其心早已臣服于我的裙摆之下，其情已醉倒在我的芳华风韵里。

还想一泡、二泡、三泡么？想泡尽我最后的一滴甘露，掠夺我的青春韶华。贪得无厌，是人的本性啊。他们不婪尽你的精血，又怎可罢休？只要我还有一丝韵味尚存，他们就想泡我。

我知道，自那日有人采摘了我的青春，命运注定就要失身红尘，注定会成为他人的杯中之物，最后沦为残羹敝履。

走了，散了。这些人摇摇晃晃地都走了。留下的，是满桌的狼藉。留下了我，游离在茶壶中，沉淀在杯子底。

四月飞花尽

我才外出十天，转眼就到了农历的四月。走的时候，门前的绿化带里的那些花朵，在那个告别的早晨还曾对我微笑。待我归来之时，已是"露浓花瘦，薄汗轻衣透"了，到处是落英缤纷，再也不见了曾经的那一朵一朵。

春光太匆匆。还记得在那个花开的早晨，正下着毛毛的细雨。当我睁开惺忪的眼睛，花儿开满了我的世界，绽放在我的生活里，让我热血澎湃，手足无措。欣喜、好奇、彷徨。我好想仰望苍穹高呼，对世界宣布我拥有了春天，却又不敢声张；我好想把花捧在手心，伴我渐开的心扉一张一翕，但我却使不出那个恰当的力度，我真不知道要怎样来把花儿轻抚？因为我从未有过这种触电的感觉。我只知道要站成一个伞的姿势，不让风、不让雨、不让任何人把花儿惊扰。就在那个刹那，我读懂了李清照的词，"买花担上 / 买得一枝春欲放 / 泪染轻匀 / 犹带彤霞晓露痕 / 情郎猜道 / 奴面不如花面好 / 云鬓斜簪 / 徒要教郎比并看"。是啊，你的美丽艳压了我朦胧的青葱，让我羞涩的爱恋平添了几许的胆怯。我要把花儿摘下藏入怀中，然后把春光捻烂，捻成粉末，让那一阵风不停不停地吹到太平洋，直至把春光和赏春的人吹散……夏悄悄来临，独我怀中的花儿，依然绽放。就这样一日复一日，春光越来越明媚。你的花瓣一日比一日鲜艳，我徜徉在你的身边，你总是那般羞涩含情。

那晨，露滴从你的花蕊沁出。我看到了你饱含三春的泪水模样，是那么楚楚动人。我怎么就不知道问你一声，你因何流泪？才一个晚上没有见着呀，是怪我不解花语呢？还是半夜风雨骤起，我没能真正为你撑开那遮风避雨的伞，是怨我不懂风月吗？

只因我们都太年轻吧，只因多了那一点点执拗，多了那点任性，只因我对外面的世界有太多的幻想……我认定你是不会弃我而去的，也只是试试你的真心，想让这短暂的分别产生美的距离，就这样匆匆地与你告别。在那个小雨霏霏的早晨，我轻轻地走过你的身边，踏上了远去的列车。走后。花儿一天天在憔悴，一天天在盼春重返……

花儿私语着，我等你。在那个阳春四月天，你说走就走，说要去天涯采风，说很快就会回来的呀。我望眼欲穿，每天都为你落下了一片花瓣，数着你归来的日子，你却一去杳无音讯。烈日，一天天煎熬着我的相思，熬干了我的泪水，我已无法忍受眼睁睁看着这春光流逝，我情愿度过有你的岁月里每一个风雨飘摇的夜晚，也不想再过一天那没有你的时光。虽然你走后是一个个的艳阳天，我却度日如年；虽然春光正好，我却如隔三秋。

远方的你啊，你恋着外面的风光，是忘了家乡的花儿正艳吗？难道不知道人间四月芳菲尽呀？我仿佛看到你攀上了异域的山峰，把脸贴着那陌生的草地在那尽情地自拍；我仿佛看到了你，为了追寻那朵飘过你头顶的白云，你竟站在那个湖中露出的一块小小的石头上招手。你知道吗？那时的我的心是在滴血——因为那云那湖那草原，都是我们家乡没有的啊，我妒恨那草，我妒恨那云，我等不及了你的兴尽而归，我要随这四月的风飘向你，飘向天涯。哪怕粉身碎骨，哪怕化作尘埃。

就这样凋零了吗？门前的绿化带开了那么多的花呀，都谢了吗？

傻傻的花儿啊，你怎么就不能再坚持那么几天？怎么不待我而归啊？你飞向了哪里？我踩碎了丛林，我翻遍了岁月，我怎么就找不到了你？就一个十天的小别，我是负了光阴又负卿啊！

我踟蹰在门前的绿化带边，任初夏的熏风拂过脸庞。就算天边云舒云卷，我已没有了仰望的神采。如果花已成桑，就让我蜕变成一只吃桑的蚕吧，我要吐尽心中的思念；如果花已成果，就让我变成一条爬在青果上的虫子，我要钻进那果实的心里；如果花已成尘，就让那飞扬的尘土染白我的鬓角吧。

春光啊，总是那么溢彩流光。我握住了这头，总握不住那头。当我成熟了，我开始明白：我只要我的这头，我的花儿。而季节却已更替，老了岁月，沧了桑田，隔了层层的万重山。时光啊，总是那么水滑溜光。一不小心就从指间滑落，全溜到了身后，溜到绿油油的小树林里，溜到另一群银铃般的声音里。再回首，已是满目沧海；再回首，又是一个经年。

初冬的雨

这个时候的北方，有的地方应该已经是天寒地冻，大雪纷飞了，而南方的初冬，不那么冷，有点像初春的景象，让人油然而生了春天的遐想。

我打开窗户，初看窗外，不见雨线，只见地面高低不平的洼水，偶尔有雨点潺潺。细瞧，灰白的空中确实有雨，丝丝缕缕，纷纷扰扰。

那是一份思绪，缠缠绵绵，在某一个窗口打开的时候，从遥远的地方倏然而至；那是一份记忆，缥缥缈缈，在某一个时空，编织着一伞的情愫。

我彷徨在桃花盛开的季节。你撑一把雨伞，一袭风衣。你是一朵盛开的桃花，一树绿叶衬托，我看到了你秀气的蛾眉下，闪着一对透彻的明眸，如同一道闪电直透了我的心房。转瞬，雨水滑落花边，娇娇欲滴，噙水绽放。那是一双脉脉含情的眼睛呀，对我莞尔一笑，就从我的眼前飘过了。待我前去追寻，有一片绿叶，和你撑着的雨伞，刚好隔开了我们的世界。从此，所有飘过的雨季，再也未曾遇见你；从此，那对温情噙水的眸子，永远烙在了我的心中；从此每一年每一天的雨里，我不停地留意，每一夜每一回寻寻觅觅的梦里，总是有你。

我无数次把雨水拉成一条漫无目的的长路。有时我埋头走在雨中，幻想抬头拨开眼前雨帘的时候，蓦然看到有一个身影，撑着一把雨伞，一袭风衣，袅袅婷婷地站在我的面前。我深情地捧起柔软的雨滴，犹如捧着柔情似水的一朵桃花，那是你唯一留给我的眼神。为了那个转身的瞬间，我终年地寻找。从春雨绵绵，追寻了一个又一个的季节，我曾情不自禁地作过无数次的驻足……漫长的路上，不知打湿了多少次追梦的脚印，湿透了多少回岁月里的望眼。一路上，我说不出自己在寻找什么，更说不出你的模样。我只知道，要等到烟雨霏霏的时候，等到你出现在我的眼前，我一眼就能认出你。就这样，你伴随着我青春寻觅的足迹，走遍了人海茫茫。我所有的多愁善感，都源于那个瞬间。我的审美色彩，也定格在那相遇的季节。那季节里叶舒叶卷，花开花谢；那季节里风起云涌，雨骤雨歇，都是我的思念。

也许，你是从《聊斋志异》里走来的女孩，我是在元宵的灯会偶遇了你，因为我捡到了你丢落的梅花，才如此相思成疾；也许你是那朵在花丛中忽隐忽现的牡丹，因为牡丹枯萎死去，我写了五十首情诗，感化了花神，让你与我才有了那个邂逅。如今，我的岁月早已走出了《聊斋》，你也在我的世界里消失了。只有梦里，至今常见。是你撑开了我一个又一个的梦。梦里，我执子之手，与你卿卿我我；梦里，总是绵绵的雨，丝丝的意，也就注定了我的梦，一次又一次，会打湿在这条无尽的路上，注定我的诗："半被西风吹老，半归流水难凭。"让我今世的望眼，永远走不出有雨的日子。

人生太短，短到就是数十个季节的更替。而每一次季节的更替，又是如此的神速。我身处这个初冬，心仿佛还在春夏。谢过的花，树下还可以找到枯萎的身影；落下的叶，枝头还残存新鲜的痕迹；刮过的风，还有几分的暖意；飘来的雨，依然缠缠绵绵；尘封的记忆，还在窗外纷纷扰扰。

我真不知道，要再等到哪世才能遇见你呀？岁月匆匆，容不得我思量，我宁愿相信奈何桥的故事。我们是在奈河桥上有过那么一次的邂逅。那刻，雨打芭蕉，令催亡魂，我在三生石旁，匆匆许下了与你再次相逢，却忘了约定今世的时间。莫非就是那么一个疏忽，让我今世难遇？但你的明眸让我世世难忘呀，你的带水桃花笑靥，总在雨中让人想起。在这个季节更替的时候，那份情愫，总是编织在一场绵雨里。

落木萧萧不停，秋水易寒渐深。季已至冬，这场绵雨，从春到冬，换了一个又一个的季节，换了巫山云雨，但我昨夜依然梦到和你在一起。

梦在草原

我的枝叶已经枯萎，我的原野在雾霾里昏昏沉沉，连鸟儿都很少踏迹，只有那小河的堤坡上还遗落下几片草地、几个深浅不一、被冰霜几度尘封的脚印——那是我年少的记忆。年少，放牛在那堤边，躺在草丛里，我就仰望天边，幻想那无边无际、风吹草低见牛羊的地方。

还有十天，我将应邀去内蒙古乌拉盖草原参加一场文学盛宴的采风活动。我真的要见到那心中的草原了。梦里，草原的风，掀开了我惺忪的眼睛。当我走下飞机俯瞰到你空旷无垠的草原，与你四目相视的那一刻，你一阵风过，卷走了我的荒芜；遍野的绿色绿化了我的心湖，一直染青到了我的发端，让我瞬间年轻，我仿佛是一个青丝垂髫的少年，在向你表达爱情。乌拉盖，你把壮阔的美丽绽放在我的梦里。

你骤然而至，惊艳了我的时空。当天边的风掀滚着头顶的云朵，如一双温柔的手拂过我孤寂的心灵；当草丛的鸟儿开始鸣唱，似悠扬逝去的岁月里一首奔腾的《彩云之南》把我带往归去的方向，带往蝴蝶泉边、乌拉盖河边。一切都因你的盛开而心旷神怡、而心花怒放。因你不似牡丹"花开时节动京城"，而独让我拥抱了这一个初夏如迟到的春天。你敞开了辽阔、有如波涛起伏的胸怀，温柔着我、陶醉着我……我躺下，轻轻地把脸亲亲地贴着你的草原。我听到了你的心跳，有如远古嗒嗒的马蹄声；我听到了你喃喃呓语，如唧唧啾啾的虫鸣声，又像啪啪作响的草儿拔节声。我与你，已经相濡以沫。你不与桃红争宠，不与玫瑰斗艳，不与喧嚣的红尘为伴；你的眼眸里没有世俗，没有雾霾；你清新、淡雅、幽香……你唱着《走天涯》的歌词，从云端、从天边走来——一个戴着玛瑙、穿着兰花的蒙古族旗袍的女子从白桦林里、从风吹草动的牛羊群里走来……我看到了你欣喜得像一只蜜蜂，时而飞在格桑花蕊，时而飞在我的衣领，把甜蜜不停不停地传递到我的身边，直直沁入了我的心田。你算好了一个轮回吗？算好了就在这个路口，在这片草地，不早不迟、不离不弃铺开了我的季节。

　　你说，是我打破了你的寂寞，是我带来了你的春天。你好久没有见到牛羊，见到骏马，见到那牧羊牧马唱着草原之歌的男儿。他们都去了哪里？你不停地在问我。我也感觉到了你的孤寂，你温存的外表包裹着一颗热血沸腾的心。看，那一波波绿油油的草浪，就是你翻滚的青春！其实，你和我一样，有着寂寞，有着渴望。你渴望烈马奔驰，渴望牛叫羊鸣；你渴望草原的汉子粗犷的歌声。我寂寞，是因为久住喧闹的市井，因纷扰而寂寞；我渴望，是因厌倦功利的世俗，思宁静而渴望。美丽的草原，我们同病相怜，我们温存互补吧。你给了我温柔，给了我宁静；我会给予你所渴望的，我会倾情地、尽情地爱你，爱你。

　　乌拉盖草原，我梦到了你。我来了。我带着一身扑扑风尘而来，我携一缕春后的夏之风而来。无以相赠，我就抖落一伞江南的烟雨，滋润你的草原，滋润你的河流，滋润我们的今生来世。

青稞

有一种投缘叫作邂逅，有一种爱叫作不可言传，有一种情不可逾越，因为相逢恨晚，因为隔了一条宽宽的岁月鸿沟，如同列车两排座位之间的那个茶几。

出于想打发时间，也出于这次高原采风我对西藏的分外好奇。我一上车不久就和对面的那个小女孩扯上了话题。因为我们扯得最多的就是青藏高原的青稞酒，我就暂称这个雪域高原美丽的女孩叫作青稞吧。

她还是一个在读的大学生，来自我要去的地方——青藏高原。她，皮肤偏黑，透着一种青春的健康美丽。那鹅蛋形的脸上匀称着笔挺而高高的鼻梁，有一双黝黑而大大的眼睛。她总爱抿着嘴微笑，薄薄的嘴唇紧抿，两边的唇角微微上翘。她有一种区别于内地女孩的立体美，一种不加雕饰的天然美，一种是一眼就看得出透彻的纯真。特别是她的热情，凡吃什么零食，总要先拿出来与我分享。我还没有戴过"哈达"，却已感受到了她有一种"哈达"般洁白的美丽，让人感动，让人喜爱。

她给了我很多个第一次的感知：第一次知道一个家庭不论大人小孩，

每天都会做着同一件事——拜佛；第一次知道人死了，不埋黄土，而是天葬或水葬；第一次知道人一个月不洗澡、不洗脚，却不会汗臭、脚臭；特别是第一次听到，青稞酒的名字。

酒，这个话题由我带出。说起酒，我一口气背出了好几首诗。由于身在旅途，触景生情，我首先想到了王维的诗"渭城朝雨浥轻尘，客舍青青柳色新。劝君更尽一杯酒，西出阳关无故人"。之后，李白也跟着来了，"兰陵美酒郁金香，玉碗盛来琥珀光。但使主人能醉客，不知何处是他乡。"读完李白的，又吟高适的，"相逢旅馆意多违，暮雪初晴候燕飞。主人酒尽君未醉，薄暮途遥归不归？"看她那神情，于诗于我是无比的崇拜。我一下子扯开了话匣，为什么文人爱酒武人爱酒？为何酒喝多了就会发酒疯呢？我告诉她，因为杜康的第一碗酒，是取了三滴血做成的，一个秀才、一个将军，还有一个疯子的。她见我说得是那么有滋有味，也来了灵感，朗诵起了青稞酒的诗：听，西风起／西风起的时候／阳光将颜色渡给了青稞／我在山顶眺望／河谷翻起了歌谣般的麦浪／如果我不曾睁眼／也许我还能闻到／那带着青稞气息的酒香……一听就知道，这是来自高原的诗。多美呀，多纯净的诗，她像青稞一样神奇，神奇地赐予了我一段寂寞旅途的快乐。

长长的旅途，无所事事。于是，我搜肠刮肚，又找出了一个传说，一个有关青稞与青鸟的传说。有诗道"青鸟不传云外信，丁香空结雨中愁"。青鸟，是王母娘娘的使者，玉皇大帝派青鸟，送青稞给王母娘娘，青鸟一不小心，把青稞从口中掉落，落在青藏高原。青稞落地发芽生根，漫山遍野，就有了今日青稞的名字，也成了藏民最喜爱的食物。她一听完我讲的这个故事，马上也来了一个故事。她说，青稞是一个叫阿初的王子，从蛇王那偷来了种子，后来蛇王发现了，把阿初变成一只狗。然而，有一个大土司的女儿爱上了阿初，于是他又恢复了人身，阿初和土司的女儿，相亲相爱，日出而作，耕种青稞，收获果实后，又把青稞做成糌粑和香甜的酒。各执一词，都是传说，但故事的主轴，都贯穿着美丽的爱情，足见前人留给我们美好的东西，都是从男欢女爱中诞生。因为有了爱情，才有了家庭，有了人类，有了食物，甚至才有了诗。

我对她说，你们高原的青稞酒的生产，应当也来自我们内地。她用质疑的眼神看着我。我就抬出了文成公主嫁吐蕃王的故事。文成公主远嫁西域，历时两年之久，途经青海至西藏，一路传播着汉文化。藏民在吐蕃国之前，是一个游牧民族，自文成公主嫁去后，才开始耕种，才定居建市。如今很多藏民的生活和信仰，都与文成公主息息相关，她带去了那么多的内地耕种文化，一定也带去了这蒸酒的技术。

文成公主，一个美丽的女孩，非倾国倾城之色，非金枝玉叶的帝室谪脉。吐蕃王松赞干布为何独钟情于她？这就是缘。他在未娶到文成公主之前，对大唐几动干戈，屡屡骚扰边境，三番五次兵指帝都。后因娶到了文成公主，释兵甲称臣婿，卸毡裘换绢绮，为文成公主建布达拉宫，为她带去的释迦牟尼佛建华丽的寺庙。真是万里姻缘，千年所修。茫茫人海，有的人无数次擦肩而过，说不上一句话，那是无缘；有的人一次偶然相遇，一见如故，那就是真缘分。人生中有很多种缘分，或长或短，或早或迟。有的注定终身，哪怕相隔千层山、万重水，终会走到一起。文成公主和松赞干布就是那种缘分很深的人，连着长安和雪域高原。她注定生命中的人、生命中的爱、生命中的花、生命中的果将会开在高原，结在天涯。有的缘，如昙花一现，只是一个美丽的邂逅，如彩虹划过蓝天，如白云飘过窗前，如此时列车厢内回荡的余温笑语，只能用视频定格永恒，用记忆回味美好的时光，那就是青稞和我的邂逅吧。

一路讲讲笑笑，数十个小时过去了。列车已经爬上了青藏高原。窗外，一朵朵的白云飘来，一座座雪白的山峰晃过。总有一泓碧绿的湖水，像一条绿油油的彩带缠着列车的脚步，伴我前行。我看见青稞的脸上没了笑容，她在打理包裹，我知道她快到终点站了。她要告别这段旅程，她要离去了。

　　一路只记得讲故事，我们连各自的名字、电话都没顾得上问起，更谈不上用视频记录。其实，我又何必要知道她的名字呢？她是雪域高原的青稞，她是一个美丽的传说，她只属于她的高原，她只是我千年修得的一次邂逅。我们的年龄、生活、道路都不在同一条平行线上。也许是前世的一个亲人，还没有说够话儿吧，今生，上天安排了这么一个巧遇，给我们几十个小时短暂的欢叙；也许她是我来世的那个春天里第一朵报春的花，今生给我一份记忆，给我一个念想，给我百年千年之后再次相遇的凭证。她有白云般的纯洁，她像高原的湖水那般一尘不染，她给了我耳目一新！我若在她离去的时候，再多一言，我怕惊扰她的思绪，我怕亵渎她的圣洁。

　　挥一挥手吧。姑娘，千言万语，都在那挥手之间。你走了，白云还在，流水还在，雪花还在，草原还在，青稞还在，你还在我心中。

落樱

　　有一片落樱，总在心中飞舞。数十个春秋，从青葱的年华，我追寻到知命之秋，一直没有找到那相似的一瓣。时光不容许我寻觅，催我匆匆赶往不惑的季节。我只好把她放下，藏于记忆，待去来生再寻再觅。

　　又到了春暖花开，一个多么撩人的阳春四月天啊。春风拂动了最后一枝吐绿的杨柳。"燕子声声里，相思又一年。"樱花再红陌上，樱花开满心田，樱花又舞动了我的心中最初的那个痛处。

　　不记得那次相遇是在什么时候，我只知道你是不食人间烟火、从童话世界袅袅向我走来的仙子。你每一处舞动的衣角，都飘逸着白云般的美丽。你的每一寸粉嫩的肌肤，都透着沁人的芳香。那时，你是一个十三四岁的少女，你的玉体是香艳凝固的花瓣，我摸不到你的骨头，我不知道是什么支撑了一枝簇拥的美丽。我闻到了你湿润的芳香，也嗅到了你散落的粉雾，这漫天飞舞的樱花，铺开了我青春的骚动。你像一缕缕的雪花，没有骨头的雪花，柔软地瘫倒在我的怀里。我仿佛觉得自己就是董郎，你是上天飞来的恩赐，你只作短暂的停留，为了见你的情郎，又约好下一个千年。

那时，我还是个羞涩的、穷酸的书生。两囊空空，连个手机都没有，没有留下你半张的倩影。我总怕时光把你淹没，从此我就凭着记忆，每一日一夜、每一季一年，把你从记忆里刷新。只有在夜深人静的时候，在梦里，我才能翻出你的美丽，那是无与伦比的美丽啊；只有梦境的地方，见不到尘埃，也没有喧哗，我的季节又回到了春天，我怕世俗的尘埃，洒落在你粉嫩的花蕊，我更怕喧哗的噪音，惊落你胆小的花瓣。我常常想你想到三更，想你想到心扉痛彻，就把淌出的泪水吞下，让泪水化作滋润的泉泓，去润泽你在我心田的鲜艳。

为什么最美丽的爱情总是个传说？你不是说，佛让你在这芸芸众生中找你的情郎吗？佛，给了你美丽的青春，给了你爱人的心，给了你我千年的缘，怎么就不给你我千年的份？我把樱花的树枝找遍，哪怕蛛丝马迹，我也要找到佛留下的证明。我找到了细长的八重樱，便做成了一盏孔明灯，里面放一个纸条写上："山无棱，江水为竭，冬雷阵阵，夏雨雪，天地合，乃敢与君绝。"我最崇拜孔明的智慧，也仿他平阳突围，想携你突围这纷繁复杂的世界。我又找到了雪花樱，白里透红的雪花樱啊。"漫漫樱花路，翩然雪絮中。"哦，原来早有人倾慕过你的容颜！早有诗人把你吟咏！你让天下多少诗人，"错教人恨五更风"。

我开始了胡思乱想：那时，你难道做到了坐怀不乱吗？你未曾动过芳心？我的醋意在波涛汹涌，我吃起了千百年来，那些为你吟唱的诗人的醋。我找啊，找。怎么也找不到佛开给我们的证明。难道我永远只能做你红尘中的一个情郎？如果是这样生生难遇，我情愿做一抔樱花树下的泥土——当樱花飘落的时候，我可以撩起衣襟，把你揽入怀中。从此，我们就可以天长地久、不分不散了。

你说：要是我早动了芳心，哪还有千年之后的今天？要是早动了芳心，哪还会相遇你这个穷酸书生？你说，你是赶着早春来临，偷窥了一下你来生的情郎，我们的缘分还没有修到千年，我们终归又要离别。

那天，我们分别的时候，正是风声不住。你漫天飞舞，似有些失态，亦有些张狂。我曾对你背诵：愿在衣而为领，承华首之余芳；愿在裳而为带，束窈窕之纤身；愿在发而为泽，刷玄鬓于颓肩，悲佳人之屡沐，从白水而枯煎……我还没有背完陶渊明的《闲情赋》，就把你感动得一塌糊涂。你的香吻已封住了我的嘴唇，你把粉白的花瓣洒遍了我的发端、我的衣领，直到荡漾开了一池青波的湖水。有一股温泉从薄如蝉翼的心湖喷出，有七彩云霞蔚于湖面。瞬间，我们造出了一个巨大的磁场，粘成了一个整体，世界只剩下我们。你打住了我冲动的脚步。你说，你看到了你的来世情郎，足矣；你说，你还没有想好，也没有准备真正去做一个女人；你说，今年的春来得太早，你要走了；你说，要我等你；你说，来生在一个四月的晚上，在杨柳绿地边，在小园新种的红樱树下，有一个姑娘提着一串红红的灯笼，就是你。

我是踏着樱花铺满的花路离去，我的心里铺满了樱花。从此，这条樱花路，延伸在我晨钟暮鼓的梦里。"残红尚有三千树，不及初开一朵鲜。"我怀揣着你重重叠叠的美丽，走上了漫长的追寻，在无数个花事里，再也找不到你那粉色而激情的吻，再也唤不起那刹那喷薄而出的温泉，再也找不到和你相同的，那一簇樱花。

第二辑　临水登山

　　有的三步一拜，用全身丈量着与佛的距离。

　　用额头磕响大地，想让佛祖听到他们声声的祷告。

遐思在唐蕃古道上

踏上了去拉萨采风之旅。我已经把业务中所有往来的电话静音了，把平常生活中所有烦恼琐碎之事，扔到了轰隆隆的列车窗外。我只带去一身尘埃，朝圣洁的雪域高原奔驰，去寻找洗涤灵魂的地方，心中只装着蓝天、白云、梵音。

命运的事真的是难以预料。就如去年，我就没有预料到今天会去西藏。准备去之前，我也没有明确怎样去，因为西藏于我的心中，是天涯，是天堂。幸好听了朋友的劝告，要我此往西藏之行，不要坐飞机而坐火车，因为有个适应高原反应的过程。这一不经意的选择，却意外成全了我，走了一截唐蕃古道。

目光透过窗外，一栋栋低矮陈旧的北方建筑，一座座绵绵的黄土高坡，和一排排还没有吐出绿叶的树枝，从眼前一闪而过。我的心情蓦地凝重，似乎行走在一段荒芜的岁月，一个凄凉的冬季。离乡的孤单和眼前的景致，交织出一种落寞。我想起了一千三百多年前，文成公主走在这条路上，应是多么的艰辛，多么的痛苦。我似乎听到了那木轮轿子碾过黄土高坡、在那弯弯曲曲的山路上大木轮子发出的吱吱声。

汽笛一声长鸣，列车的轮子如马蹄踏过尘土飞扬的古道。我的想象已穿越时空，随大唐的送亲队伍，一路前行。是的，此行我也算是文成公主的一个娘家人了。

世上有哪一位新娘，走过这么漫长的新婚之路？又有哪一家嫁女送亲，送了两个春秋？两年多的风花雪月，风餐露宿，一路传播着大唐的文明，教化了藏民的男耕女织。当她历经千山万水，走进大婚的殿堂，已经把善良的心，把全部的爱，走入了吐蕃人民的心中。

我想，当初文成公主听到选上自己去遥远而陌生的吐蕃和亲，是万般的痛楚，无奈父命难违！我想一个旁系的皇族女儿，虽然一夜之间，荣耀成了大唐的公主，做父母的是万般难舍，无奈皇命难违！

文成公主临别长安，留下过一句撕心裂肺的话，"走不到的地方叫远方，回不去的地方叫故乡"。她定想到了，此生一别，是不可能走到终点的，更不奢望还能回来，一别将是永诀，永诀父母！永诀家乡！永诀人间！一个十六岁的少女，豆蔻年华，站在长安城玄武门前，与父母依依惜别，是多么的凄凄惨惨戚戚，多么楚楚动人！王公贵族有那么多人家，都有金枝玉叶的女儿，为何独偏偏选上了自己？大唐美女如云，吐蕃王松赞干布为何独看上了自己？当文成公主来到一条河流边，无法忍耐对娘亲的思念，突然想起了母亲临别时，赠送给她的日月宝镜，想起了母亲的话：如果你要想娘，就拿出这面镜子来照照吧。她匆忙拿出了镜子，照着自己，还是没有看到娘亲啊！只有憔悴的自己。一气之下，把镜子摔碎一地，碎烂的镜片，立马隆起一座高高的山峰，挡住了河流的方向。这就是如今的日月山和倒淌河的传说。

命运啊，文成公主因这份突如其来的选派而痛楚过，也终因这段姻缘而成就千古芳名。

文成公主此番远嫁，却成就了大唐帝业的巩固，也教化了吐蕃的文明。自那之后，两地的使节、商贾往来密切。就连吐蕃王松赞干布，也脱去了毡裘，换上了大汉的绢绮。文成公主带去的释迦牟尼像，供奉在拉萨的大昭寺里，供奉在千万藏民的心中。而留在大唐的莲花座，却又坐上了西域绿度母坐像。天涯海北，紧紧地围绕在佛的身边，成就了一个中华帝国。松赞干布曾呈送大唐的呈表，是这样说的："陛下平定四方，日月所照，并臣治之，高丽恃远，弗率于礼，天子自将度辽，隳城陷城，指日凯旋，虽雁飞于天，无是之速。夫鹅犹雁也。臣望冶黄金为鹅，以献。"由此足见，因文成公主功劳堪比千军万马，其美德足载千秋史册。

我的心随着隆隆的车声，一步一步走近了天涯，开始了更阔的想象。又一个人进入了脑海——仓央嘉措。一个徘徊在红尘与佛门里的喇嘛，一个最美的情郎。他打坐在佛前，口念着经语，心不停地问着佛祖，"空门内外，谁又是谁？""你既度我空门，怎又赐我春心？"他一声声地问着佛祖，佛祖没有理他。他干脆停住了梵唱，登上了布达拉宫最高处，面对滚滚的红尘，高呼："我放下过天地，却从未放下过你。""人生要隐藏多少秘密，才能巧妙度过一生？"无数人崇仰的布达拉宫啊，他却一门心思地想着逃离。

一个十四岁的孩子，本来生在一个偏僻的村庄，是一个无忧无虑的快乐少年，却因命运的阴差阳错，小小的年纪，就被推到了权力的巅峰，成了拉萨最大的王。他恨命运的不公平，觉得如困兽般囚于铁笼；他恨自己没能修得神奇的魔法，推不倒这关着自己的墙；他也曾幻想过，本该就属于自己的无上权力，幻想过干一番惊世的王业，去服务千万苦难的藏民，去追求自己的心上人。布达拉宫最大的王，这个最简单的要求都不能实现，还算布达拉宫的主吗？他怨佛祖不解人情，他怨他的老师，不给他施展才华的机会，每每站在布达拉宫之巅，俯瞰宽阔的广场，望着人来人往，成双成对的信男信女，他就想起了家乡，想起了父母，想起了他青梅竹马的仁曾旺姆……越想越气愤，干脆一不做二不休，于夜深人静，推开了关着自己十多年的门，他准备"用一生的时间，去奔向对方"。

是啊，我已二十多岁了，在布达拉宫念了二十多年的经。我本是山村一个有父有母有玩伴、一个快乐的孩子。天下这么多的孩子不去选，偏要把我选来。你们既然封我为最大的王，怎么又不给我权力，连我爱一个人权利都不能得到，我还算是个最大的王吗？仓央嘉措想通了，你们爱咋办就咋办吧，反正我不当了这个王，我要去寻找我的爱情，追寻我的自由。

人把心一横，什么都不怕了，什么都不顾忌了。每到夜幕降临，布达拉宫再也听不到了佛前梵唱的声音。仓央嘉措，他流连于郊外，守着自己的情人，哪怕天崩，哪怕地裂，他都不在乎了。他只在乎"用一朵莲花商量我们的来世"，只在乎怎样才能"不负如来不负卿"。

三十多个小时过去了，列车已经奔驰到了青海。一个高高瘦瘦的青年，披着袈裟向我走来。我的呼吸，变得越来越紧张了，抬头向窗外望去，一朵朵的白云，袅袅婷婷。我看到了仓央嘉措正打坐在湖边，坐于盛开的莲花之上。他的眼泪已全部流干，流入了青海湖，化作碧波万顷。是他吗？捧一钵相思水，把一朵莲花绽放于佛前。他说，还佛一钵无情泪，恨不相逢未剃时。

命运，真的神奇莫测，今生有幸走过这一段天涯之旅。又有幸有这两位写着传奇，写满故事的人——一个最美的新娘，一个最美的情郎，一路伴我西行，伴我红尘，伴我遐思。

我从黄河边捡回了一块石头

每一次在外旅游，我总要带点当地的特产回来。而这次从黄河边回来，我什么也没有带，我只捧回了一块小小的石头。

回来好几天了，我几番提笔，几番停下，把玩着手中这块形不规则、色不清纯的石头，摸着它高高低低的纹路，如同抚摸着黄河的波浪，抚摸着气势磅礴的一条巨龙的龙鳞，那是一本上下五千年史册的墨迹。太长太长了，我真的不知从何写起。

刚才，看到有文友摘了我的一首小诗《黄河》中的几句，题在画像上，我异常兴奋地说，就让我从这里写起吧。

黄河的水／是从我的心头奔来／是湛蓝的清澈／因为我数万里热血的奔腾／因为我几十载思念的泪水／血和泪／才有了黄河的颜色……

我所看到的黄河，是在青海省化隆县。就一县看过的几段黄河的水，往上是清澈的，越往下越是浑浊的黄色。不由让我想象着黄河的源头——青海省青藏高原的巴颜额拉山脉，应当是终年的积雪，冰雪融化，开启了黄河湛蓝的源头。出了青藏高原，黄河两岸是无穷无尽、光秃秃的黄泥石山，所有的雨水像文字组成的诗句，翻过这些平平仄仄的荒山汇入黄河，才有了黄河的黄，黄河的韵，才有了黄河的宏伟，黄河的博大，书写成了一本厚厚的独特的诗篇。

黄河，于我的心中是伟大的母亲。自从小时候启蒙识字，就已经知道了这条河的名气。当我渐渐长大了，心中有了祖国的概念，一念到祖国，就会想到黄河。于是，我多么希望有朝一日去看看黄河，就像一个自幼离别母亲的孩子，多么幻想去亲近自己的娘亲呀。几十年了，几回回接触到黄河的字眼，我就会把心中的黄河，作出无数个想象——我原以为黄河很宽，从此岸看不到彼岸；我原以为黄河很深，从河堤无法下到河边去捧一把黄河的水；我原以为就算我看到了黄河，也只可远观而不可亵玩焉。

然而黄河的模样很平常。黄河像华夏千百万母亲一样，普通得再不能普通，平凡的再不能平凡了。当我第一眼看到黄河时，我心里还在犹豫，这是黄河吗？可能是支流吧。我站在此岸看着对岸，彼岸的山起起伏伏、重重叠叠、褶褶皱皱都看得清清楚楚了。后来才证实，这就是黄河，而且是黄河的源头流域，我正贴近了母亲河的脸哩。一种亲切的感觉油然而生，正如我印象中的母亲一样，她是一位农家妇女，是一位平凡、慈祥、美丽的女人。

我在岸上的果园里，采摘了一个梨子，特意下爬到黄河的水边，看着浑浑的黄河水，知道梨子比水似乎还要干净，但我还是要在这水里洗一洗，然后大口大口地吃了。因为我是母亲的儿子，狗不厌家穷，子不嫌母丑，这个理，那刻在我的心中得到了印证。

黄河的水确实很浑，就像一张老农的脸写满了沧桑，几十载的风吹日晒，所有的人间酸甜苦辣都写在这张脸上。看着那黄色的水波澜起伏，我的心也在起伏。

中华民族自四千年前的三皇五帝开始，就忧患黄河水的泛滥，于是就有了鲧、禹父子治水的故事。《史记》有载，"禹伤先人父鲧，功之不成受诛，乃劳神焦思，居外十三年，过家门不敢入"。大禹忧伤父亲治水的罪过，结婚才几天，就告别了新婚的妻子，带领民众治水，居外十三年不回，每过家门，只拱手行礼。试想，这条黄河让当时的尧、舜二帝是多么重视，鲧治水不力，绳之以法，而其子治水有功，全国颂扬，名载史册。由此观之，从这条黄河开始，中国就已经有了法制的观念。法律面前，人人平等，有过必罚，有功必赏，哪怕是父子。这就是传说中人们所向往的尧天舜日吧。

数千年来，黄河的水患一直伴随着中华民族。有史记载，黄河下游决口1593次，因泛滥改道26次，洪水纵横25万平方千米。每一次黄河的咆哮，都会牵动着民族的心，乃至改变多少家庭、村庄、姓族的命运。

黄河，横亘在中国的北方，流域达九省之境。除了自然灾害，令人们肃然起敬之外，几千年来，又上演了多少的战争征伐，多少历史上的英雄绞尽脑汁，欲挥鞭断流者，欲一泻千里者，都想跨过去、跨过来，无非就是一个目的——统一中华。我们的"中华"二字，也就是在这无数次拉锯式的战火中铸成。每一次的战争都离不开黄河，每一次的战伐，水火不容，不是你死，就是我亡。城头变幻大王旗，朝代不停地更替，但谁占领了黄河，谁就代表了中国，谁就会把自己所开的疆、所拓的土纳入中华体系。从另一个方面理解，正是黄河，连起了两岸民族的心；是黄河，造就了今天的中华民族。唐朝柳中庸的《征人怨》诗中写道："岁岁金河复玉关，朝朝马策与刀环。三春白雪归青冢，万里黄河绕黑山。"就是形容黄河两岸经年战火纷纷，将士厌倦战争的情景。也许今天我们随便站在黄河的哪一段堤岸，都可以听到几千年前的战鼓声声，也许随便捡起黄河边的一块石头，都可以摸到远逝的刀光剑影。

黄河，是一条博大、宽厚、包容的河。起于青海，止于渤海，确实很长，从源头清澈的雪水流下，沿路不知有多少的支流，多少沟沟壑壑的雨水汇集于河床，一路经过石山区、黄土区、风沙区、草原区，一年的汛期就要发生好几次，颠颠簸簸，从黄土丘陵流来，从污水泥沙中流来，又怎么不黄呢？她有容乃大，不论什么水都一概纳之，不论什么民族、什么信仰的人都一概溉之。在黄河两岸，有寺庙，有清真寺……真是包容了天下。

我们一路参观了当地的居民点、绿色的生态园，特别是藏族文化宫的弓箭制造示范基地。一张张制作精湛的弓箭，浓缩了一个民族以射箭打猎为主的生活；一张张牛皮马鞍，又承载了藏民先祖多少的血汗？黄河，曾几何时，这条母亲河里流淌着不知有多少黄河儿女的汗水？一幅幅生活的画面，就是历史的见证。

正是因为黄河的博大、宽容，才有这么多的民族，这么多的信仰！也正是她的博大宽容，才有了黄河的水与众不同！黄河，真是我的母亲！

母亲的品德不正是如此？一母生九子，各有千秋。身强体壮的是儿女，弱不禁风的是儿女，飞黄腾达的是儿女，贫困潦倒的是儿女，吃斋念佛的是儿女，屠猪宰牛的是儿女，母亲又何曾嫌弃过谁？而且，往往"娘疼冒时崽"，做母亲的还更加疼爱弱小的儿女。

我在黄河边仅仅待了两天，又能知道多少母亲的事情？我只能写下这些文字了。母亲几千年的故事太多，母亲河太长，我无法想完、写完。

还是把她缩小，再缩小，缩小成我手中的这块石头，然后把她举过头顶，我就看到了母亲河也从我的额头奔来。

年复一年，日复一日，当我的头发苍苍，当我的皮肤黄黄，当我的额头流出一道道的沟沟壑壑，当千年万年后，我的躯体也变成了化石，我就成了黄河，我就是黄河。

汨江行

《史记·屈原贾生列传》载：屈原至江滨，被发行吟泽畔，颜色憔悴，形容枯槁。今日，我走在汨罗江岸，忽然想起此句。

秋高气爽，岸边的杂草依然翠绿，但不如阳春时那般绿得流油了，多了沧桑，少了娇嫩。河中浅滩处，有三三两两的礁石突兀水面，露出一张张苍老褶皱的脸，似要让人看到它们的存在。也许是在昭示我，它们才是这条河流不动的主人。习习凉风吹来，身上有点微寒，风拂于江面，泛起涟漪滚滚，让我思绪翩翩，我似乎看到了有一位肩披长发的长者，一手握住佩剑，一手捧着竹牍，随层层的水面而来，他就是三闾大夫——屈原。

"风飒飒兮木萧萧，思公子兮徒离忧"，"呼呼"飘落的树叶声，是他在呼喊吗？"长太息以掩涕兮，哀民生之多艰"，波浪随风撞击着岸边，声声叠叠，这是三闾大夫的声音啊。一定是！楚国一位忧国忧民的忠臣，因秦国恐惧他，阴结奸邦，施以离间之计，使君臣离心，楚怀王因不信任而拒纳其策，又遭奸谗算计，两度绌逐，直至流浪汨水江畔。试想，一个被逐出政治舞台的人，不但不怀恨贬逐自己的君王，反而还在"思公子兮"，这是何等的忠诚？

《左氏春秋》里《曹刿论战》有过一段对话：十年春，齐师伐我。公将战，曹刿请见。其乡人曰："肉食者谋之，又何间焉？"刿曰："肉食者鄙，未能远谋。"数千年前的左丘明，就已经把社会上的几种人分得清清楚楚了：有心系国事的平民百姓，也有漠不关心国家的人，更可恨的是那种吃着皇粮，却干着诋毁国家形象的肉食者！正是无数的屈原、曹刿等一批批的爱国之士，层出不穷在历史的舞台，才塑造了我们的爱国思想，直至载入史册、植入我们的基因。

悠悠的汨水，长长的河堤。诗人，在这江畔风餐露宿，饥寒交迫，却心里还在时时念叨自己的国民"哀民生之多艰"，是怎样一种胸怀？怎样一种爱国精神！前段日子，我看过一篇杂文，反驳屈原是爱国诗人。他的理由是：楚国是一个小小的地域，楚秦之争，属内部战争。楚国只是中国的一小部分，不能代表中国。屈原爱的是楚国一方，有局限性，相对于长江以北的地区，称不上爱国。我真不知道这人的历史是怎么读来的？中国几千年，分分合合很正常，但一个历史的主轴——中华没变！在中华的这个舞台上，扮演的忠奸人物没变！常言道，各为其主。屈原身在楚国，理当为楚忧。于他而言，忧楚就是忧国。国土可塑，时大时小，但这种爱国的精神千篇一律，是不可塑的，是永恒的。只要是中华民族的儿女，不管他曾忧的国家有多大，在哪一方，只要他忧的是正能量，忧在人民的心中，他就是爱国！何况在封建制度下，忠君就是忠国，一域为一国，忧一域之民，就是忧一国之民。倘若按此人推理的逻辑，中国历史上根本就不存在什么爱国人物。包括南宋的岳飞，也算不上爱国英雄，甚至连范仲淹的"处江湖之远，则忧其君，居庙堂之高，则忧其民"。都不值得推崇，因为范公忧的是君王一人呀，再说岳公、范公所处的时代与国家，根本就没有如今的国土之大，也属一域之忧吧。

历史上的中国一直处在分分合合之中，朝代更替不停，但爱国主义一直受人推崇，卖国求荣者却常遭人唾弃！这是鉴定忠与奸，正与邪的一把尺码，是不受地域限制的一种中华精神！

其实历史早有定论。就在这条河流上漂泊的另一个名人——诗圣杜甫，他乘舟至汨罗江上，已疾病缠身，却还在呐喊"故教工部死，来伴大夫魂"！只有这种心系国家的赤子，才有如此的千古慨叹。由此足见，屈原的精神，早在一千多年前就已深入人心了。

杜工部于公元768年，带着妻儿来到湖南走亲探友。他去郴州投舅氏崔伟，其间在长沙租住一年，至公元770年4月，长沙兵乱，杜甫不得已动身赶往舅家，船至耒阳却遇大水，无法前进，只好调转船头回游长沙。因饥寒及旅途劳顿，身体染上了疾病，在长沙租在江阁一处，准备盘算回长安的日子。那年大概是五月转身回家，船至洞庭湖，又遇洞庭水涨，加之身体孱弱，缺粮少食。向北极目，归途遥遥，知道一时是回不去了。这时，他想到了汨罗江上游的平江县令是他好友，加之十多年前早就已耳闻六相隐于平江，心中早向往之。于是便改道去了平江。

诗人啊，总是有一份浪漫的思想。瞧着自己荷疾的身躯，他想到了死，想到了屈原忧国忧民的精神。心想，我就是死，也要死在汨罗江上，要与忠魂作伴！就在公元770年的暮秋，一叶轻舟从我眼前这条河流上划来，船上坐着一代诗圣和他的妻儿！可怜了杜甫的儿子杜宗武，那年才十七岁。当他们船至平江县治，工部已归天了。杜宗武膝脆衙门，击鼓求援，惊动了县令。县令按礼制，将工部的遗体暂厝于县治对河，距县府十几里之外的小田。从此杜宗武一门在此繁衍生息至今。这有当朝文书《唐故检校工部员外郎杜君墓系铭并序》所载，"扁舟下荆楚间，竟以寓卒，旅殡岳阳"。

历史真不可思议。两位文学的巨人，都因一份爱国的情怀，惺惺相惜，把一颗火红的诗心魂归在我眼前的汨罗江。不知是汨罗江之幸，还是诗人之幸，也许是历史在有意成全这悠悠的汨水吧。

寒波粼粼，哀鸟声声。我听到了一代诗圣最后的一声长吟，"应共冤魂语，投诗赠汨江"。谁叫他有一颗至死不渝的爱国心？谁料他壮志难酬，英雄垂暮？！面对国家兵荒马乱，他愁思不展，只能用孱弱的笔在江上疾书"不眠忧战伐，无力正乾坤"！

两代诗人，都把忧愁化作了诗，化作了几千年的波浪，付与汨江。他们就算一息尚存，还在期盼这滔滔的江水，流入洞庭，奔向长江，让坐于庙堂之上的人听到那忧国忧民的呼声！

走在拉萨

伸手可以抚摸到山峰，呼吸可以吞吐白云，抬头就是云蒸霞蔚的天堂，俯首只见壮观湛蓝的圣湖，这是哪里？这就是天堂般的拉萨。

到处是毫无二致，光秃秃的山峰绵延起伏着。这无穷无尽的山，似乎是因为过于沉重，从天上一次性整块地沉下，刚好重重地压在这世界的屋脊之上——无边无际，除了白云，似曾无人踏迹。偶尔见到，一串串的经幡摇曳，方知这每一个山头都有她的灵魂，每一块石头压着的经幡，都在日夜呼唤着佛的庇佑——祈祷挂幡人，幸福安康。

走在拉萨的街头，如同去赶一场轰轰烈烈的法事。三五成群的藏民，手拈着佛珠，口里念念有词，心无杂念走着心中的步子，无视我的存在。有的三步一拜，用全身丈量着与佛的距离，用额头磕响大地，想让佛祖听到他们声声的祷告。

到了八廓街，朝拜者已经人山人海。大昭寺前的青石板，不知匍匐了多少的虔诚，藏袍擦干了所有的尘埃，青石板才换来如此的溜光水滑。仁曾旺姆——一个美丽的少女，跋山涉水，混杂在一路朝拜的芸芸众生中。从大昭寺一直拜到布达拉宫，用脸紧贴着脚下的土地，悄悄地倾诉心中的秘密，把一个少女许下的个个愿望，深深地藏进了青石板的缝隙里。让我，这个远道而来的游客啊，流连忘返；让我不断地想象，是这块青石板吗？在这上面站着两个有情人，在那喃喃呓语，在那对天发誓，"除非死别，决不生离。"

　　我跟着朝拜的藏民，拨动了寺外的走廊边每一个经筒。一步一个地转啊，一直转到寺内庞大的转经塔边。我蓦地一下子虔诚下来，似乎触摸到了时空，似乎已经转过了一千多个春秋。我想，转来转去，不知曾经转动了，多少朝拜者的今生来世。

　　如果说世人惜金如命，那高原的藏民可是挥金如土。他们把一栋寺庙的外檐，饰满了黄金；他们有的人，把毕生的积蓄和家产，全部变卖，一头挑着家当，一头挑着儿女，千里迢迢，赶来捐献佛祖。有的人因疾病、因年岁死在朝圣的路上，就只带走几颗牙齿献于佛前。大昭寺，从金光灿灿的外沿，到里面珍藏的佛像，以及预示着今生来世的宝塔，全部是用金子铸造而成。连每一个门框、每一张门都是几百、上千年的楠木造就，都布满了千百年来人们抚摸过的痕迹。每一张门上，有两个古铜色的门环，就如同一双古老的眼睛，注视着来来往往的信众。门环，早被人们摸出了灵性，不停地撞击着历史，撞开了遥远的记忆。真是，处处是宝，处处成佛。

　　我和雨墨老师转过一圈，又回到了琳琅满目的玉石古玩店。一个铜钵，几经讨价还价，店主最终决定两百元卖给了我们。雨墨兄拿起了铜钵，敲了几下。余音袅袅，经久不息。那藏民的店主，见遇上了懂用法器的人，松口一百六十元给了我们。二百元与一百六十元，本来就完全可以多赚到四十元，他却偏偏不赚了。只有这纯朴的藏民，才做这种亏本的生意啊。

　　转过几家玉石店，走走停停，我俩又走在青石板的大街上。高辐射的阳光，让我突然想起了墨镜，却又不知丢到了哪里。我匆匆赶回那最先到过的宝饰市场。一色的摊位，乍看起来一个模样，没了一点当初的印象。正当我焦虑打听之时，远处有一位女店主，主动对我招手，问我是否丢了墨镜。她说，刚才是他家先生在守店，走的时候，先生对她有过交代。难怪在我隐约的记忆里，是一个男店主。所以对所有女店主的摊位，就没有过多地去打听。藏民的质朴、诚信又一次打动了我。在拉萨的街头，随处可遇这种质朴的人，就算不是藏民，只要在这里生活了几年以上，都变得是如此纯真朴实，都有如哈达一般洁白的心灵。我们的这次采风活动，几十号的人，吃的是美味大餐，住的是最豪华的宾馆（五百元一个晚上），而提供赞助的是亚工坊餐饮有限公司。这间公司的老总名叫李双。他是来自内地，在这雪域高原，打拼创业了十几年的80后。每一次到了用餐，他总要一个个的包厢询问，还有哪里不周到，有什么需要提供。像这样热情的老板，又何曾不是被这高原的纯洁净化了灵魂，净化了人生的价值观。

蓝天、白云，是拉萨的天空；纯净、缺氧、艳阳，是拉萨的空气；诚信、信仰、热忱，是拉萨的民风。事无巨细，就算是去问一下路，都可以听到详细的指明，都可以深刻地体会到来自这一方圣洁水土上的真诚。

当我们攀上了四千九百八十米的羊卓雍措，所有的山峦都踩于脚下，让人居高临下，一览众山小的豪迈气势蔚于丹田。彩云点缀着羊湖，羊湖飘在天边，我伸手都可以触摸了。生命原来是这般伟大，世上只有生命不想征服的海角，没有生命不可以企及的天涯——你看，漫山遍野的牦牛，走在世界的屋脊，悠闲地啃着毛毛的小草，用镇定的神情证明它就是这天边的主人。

走拉萨的最后一天，是游布达拉宫。它于拉萨之央，它是镶在天边的一块翠玉。晚上，布达拉宫灯光灿烂，像王母娘娘在天堂举行一场蟠桃盛会。白天来到它的脚下，直达云霄的石级让人望而却步。听说，游布达拉宫不能走回头路，走了回头路就等于没有到过那里。几天下来，我已疲惫不堪，加上有点感冒，最后只游了一下低处的布达拉宫珍宝馆就出来了。人生何曾不是如此，走过的路，干过的事，倘若于中途而返而辍，就等于没有来过那一段人生，没有干过那一番事业。何不在扬帆之前，坐下来先思量自身的力量，够不够撑起那万里的风帆？切莫把光阴、精力浪费在无谓之间。既然没有那个信心游完，就干脆不去惊扰她的神圣吧，就让她圣洁的形象坐于心中，让她永远伴我人生，给我幻想，给我愿望，给我今生来世，哪怕一万世我总会踏上布达拉宫之巅。

　　飞机，一阵轰鸣，已经飞到了拉萨的上空。白云和哈达曾把我迎来，今又缠缠绕绕把我送别。我透过窗口，无限留恋。我最后一次回眸，挥一挥手，就让白云带去我的祝福吧：祝福拉萨，祝福拉萨人民，扎西德勒！

别了，土楼

　　土楼，几百、上千年的风雨兼程，是为等来我今天的造访吗？

　　进去了，我就不想离开。每一个导游似乎看透了游客的心事，把一句谐趣的话挂在嘴边：不想走的，就在咱们这做"细郎"啦。

　　从景区门口到土楼集中区域，约一千米左右。我们跟在导游的后面，顺着一条悠悠的小溪溯流而行。边听着导游的讲解，边欣赏着周围半天成、半人造的风景，赏心悦目。我们站在石桥上看流水潺潺，溪口突兀无数奇形怪状的巨石。这些巨石应是自古有之。我根据多地游历的经验，往往一个地方的河流泽中有奇石出现，必有不凡的风景在眼前等待。我提起了精神，仔细地打量着四周，群山环抱，一水为带，青龙与白虎俱存，心中暗想这真是一个神仙之地。

　　到了土楼，我们跟着导游绕土楼外围一圈圈看去。她一一介绍了各楼奇妙的构造，以及楼的今世前身，曾经的辉煌和沧桑的历史。振成楼、奎聚楼、福裕楼、如升楼，或圆如官帽，如外星人的飞碟遗落在白云之端；或方如棋盘，是雾中之仙曾在高山流水间对弈，"老仙驾鹤蓬莱去"

留下了这一盘盘的完整棋局。一栋栋竖着的土楼，是一个个岿然的历史老人；一层层叠起的楼阁，又迭起了多少客家人的故事。我顺着墙脚抬头望去，有的高十四五米，真不敢想象在这深山蛮沟，数百年前又没有机器的协助，纯靠人力的肩膀一担担挑土运石，是怎么把相当于一座山的土石运到了十几米的高处，筑成如此庞大的墙群？几百年过去了，大部分的墙壁依旧平整光滑。仔细看那墙体，泥沙石子分布均匀合理。导游开玩笑地介绍说：这墙里除了泥沙、石子、石灰之外，还放了白糖、盐、糯米等，饿了的可以咬上几口当饭吃哩。

仰望。我仔细端详，高处有很多的地方留下了一个个的土窝，约十几厘米的对径。这样坚硬的墙壁经数百年的风雨毫发无损，自然气候是无法留下这么深的印迹，楼主更没有必要在墙腰中打出一个个的土窝，这土窝是怎么形成的呢？我不由想起，来时坐在大巴上导游介绍客家人的来历。客家人大部分是因躲避战争，自中原地区而来到这里。当地政府为了区别外来的户主，就在名字后面备注一个"客"字，久而久之，就有了客家人的说法。他们聚族而居，筑起土楼，一来是为了防御野兽入室伤人，二来是为了防御外来的侵略者。客家有句流行的古老民谣：要问客家哪里来？客家来自黄河边。要问客家哪里住？逢山有客客住山。男子出门闯天下，女子持家又耕田……客家人属中原外迁人口，平坦的地方早被原住居民占有，所以多居高山峻岭之间。他们常常遭到当地人的排挤，甚至发生过不少的冲突。为了防御外侵，才发明了这种城堡式的土建筑。那一个个的土窝，也许就是因外来的侵扰引起战争而留下的疮疤记忆吧。站在墙边，我仿佛看到了远逝的刀光剑影。几百年来，客家人和自然战斗过，和原住民战斗过，和各个动乱时期的残兵流勇战斗过，又两次和盗洋越海的倭寇战斗过，和土匪战斗过……每一次的战斗，都关系到一个家族的生死存亡。他们就是靠这坚实的土墙作掩护，一次一次苟延生存下来了。这土墙墙体都有一二尺多厚，枪炮子弹无法穿透。

土楼的外墙用它苍老而坚强的躯体，不知挡住了多少次的击打？这一个个的土窝就是它的勋章呀！一寸墙土，一寸血汗。我摸着那坚硬夯实的泥土墙壁，如同抚摸到了一段岁月的隧道壁上的斑斑血痕。

最后，导游把我们带进了她的家里。刚才我们几个人还奔走得大汗淋淋，走进土楼端坐一晌，饮过几杯工夫茶，顿时通身凉爽起来。坐在靠着祭祖大厅边上的一间客房里，品着其泡下来仍其味无穷的铁观音，再抽一根"1573"的香烟，这生活真够惬意的。举目环顾土楼的二层、三层，楼内风光尽收眼底。从外面看似是一个光秃秃的浑圆土山，里面却暗藏繁华，满园春色。宽大的院落居中，绿树成荫；三层楼阁以院子的中心为同心点，层层上升，像奥运赛场一样气势恢宏。楼中有楼，房中有房。据介绍，这楼上居然有一百多间房子，住了十几户人家。每一细微处用材不同，合理精致。雕木的图案无处不是，有环环相扣的同心结，有龙凤呈祥的窗棂，有双龙献珠的飞檐，有绿色玉石砌成的隔墙，有花岗岩打磨的门框，有东西阴阳搭配的水井，有连日暴雨却滴水不藏的天池，连每一片瓦都与现在的瓦叠盖不同……一栋土楼内不同的方位，作用也不同。土楼的构造及技术设计，应远胜如今的设计院士和专家吧。它融会贯通了中华儒家文化及玄学易经八卦。材料也并非全是就地取材，而是购自不同的地域。据说一栋"振成楼"当年耗资相当于今天的一千多万元人民币，整栋楼彰显了楼主当年一方的富甲。但每一寸墙土，又砌进了主人一生多少的心血。

一个村庄是一幅古色古香的山水画，而一栋土楼是题在山水画上的一首长诗，意境悠远、浓彩重墨的点睛之作。住行在这里，就如同走进了历史的长廊，穿越了时空，穿越了朝代的更替。几多风云变幻，几多兴衰沉浮。

"晴川历历汉阳树，芳草萋萋鹦鹉洲。"物是人非了，历史只留下了土楼供人观瞻。游客络绎不绝，都在不停地拍照留念。有谁问起当初的主人吗？问起是怎么建成此楼？嗨，如一本传世之作，又有几人知道它的作者熬过多少日夜，有多少辛酸的故事。

遗憾，我也只是土楼的过客。时间不容许细究，我只能随众拍几张照片而已。它的俊秀美丽，它的浑然天成，就让它定格于远逝历史吧。

别了，土楼！我装不走厚重的土石，就把青山、流水、白云和无尽的眷恋一起留下。我只带走回忆。把你那最美的、舒适的宁谧和千古的传说，留下给你的子孙守候吧。只有他们才会永久住在你的心中，一代一代地看家护院，一代一代地传承宣扬。

在可汗山下

当大巴停在一个绵延的山包脚下，两座白色的雕像，在阳光的辐射下显得格外醒目，这就是十三世纪雄霸欧亚大陆，不可一世的成吉思汗！

我在可汗山下久久地徘徊，是该仰望，还是俯首？阳光太强，我无法仰望远处的雕像。最后，我选择了坐下，坐在山包的边缘，坐在成吉思汗的身旁。许久许久，我轻抚着密密麻麻的小草，历史的云岫在手指间层层拨开。我听到了久远的岁月里嗒嗒的马蹄声，一个蒙古儿女马背上的英雄，正向我奔驰而来。

当我把日历翻到十三世纪，一串串的王朝闪现眼前——南宋、金、西夏、大理、西辽、蒙古、吐蕃，还有草原上的塔塔儿人、乃蛮部、王汗部、札木合部，等等。一座座固若金汤的城池、王朝、部落，一个个高高在上的帝王将相，最终分崩离析，统归可汗麾下。

刹那间，山包上每一根小草，都变成了一支支的利箭嗖嗖竖起。那守护在可汗山边的两员虎将，横执手中的画戟，也似虎虎生威。成吉思汗睁开了血红的眼睛，似高高地坐在包毡之内的狼皮椅上，对两排狼贲之师发号施令了。我奔腾的思绪，瞬间凝固成"英雄"二字。这时，你不得不承认成吉思汗的英雄气概！他纵横于乱世，捭阖于群雄之中。

我们初到内蒙古，热情好客的蒙古族人，给我们献上了蓝色的哈达，献上了尊贵的三杯下马酒。这个下马酒，也是源于一个传说。成吉思汗在群雄逐鹿的草原上，当初只能仰仗强手的鼻息。有一次，不得已去赴一个对手设置的鸿门宴，他在无名指上预先戴了一枚鉴毒的戒指，在饮酒之前，他故意用无名指向天弹了一滴酒。那酒滴落手背沾上了戒指，戒指瞬间变黑。他知道了酒里有毒，就把整杯的酒泼向天空，以感谢上苍。当对手献上第二杯酒的时候，他又泼向大地，说是感谢大地哺育之恩。到了最后一杯，无处可避了，他随机应变将酒泼在了叩拜祖宗的额头，说是感恩和对手同根同源的先祖，给予了他们的生命。三杯酒就这样合情合理地推辞了。从这个传说，足见成吉思汗的智慧和胆略了。

他自1205年至1226年，短短二十年征西夏、夺金朝、灭西辽、侵花剌子模，直杀到欧亚，远抵克里木半岛，直至饮马印度河。特别是又一个回马枪，灭掉了已经臣服了的西夏。其神武谋略，有如棋艺高超的棋手。联强取弱，近攻远交，逐一击破。待其羽翼丰满，兵强马壮，再破强敌，剑指南宋。在这二十年间，他每天都在征伐。

我的思绪已经飞越千年。曾经的西夏国在哪里？我的心变得凝重起来，一个国家，一个早已臣服了的民族啊，就这样说没就没了！还有三千万金朝的子民呢？于是，我怒目圆睁，把目光投向了铁木真的雕像。我想起了曾经有人写诗说他伟大，他配得上伟大吗？

茫茫的草原，辽阔无边；奔腾的骏马啊，你是草原上高扬的旋律，无垠的草地，足够你驰骋放牧。你为何要装上铁蹄，去践踏他人宁静的田园？嗷嗷的狼群，在黑色的夜晚，划出了道道血腥的光芒。巡护着每一个蒙古包的山头，用寒光的威严，征服了草原上的万类，名副其实地成了草原的图腾。为何还要去做那卑鄙的勾当，用一道如电的闪光去窥探别人的院落？

一方水土终归只养一方人。到最后，气贯长虹的英雄、一代天骄的成吉思汗连家乡还没有来得及回望就累死他乡。因仇人太多，沿路设塚，至今也没有找到他真正的墓地！眼前的可汗山，也只是铁木真的后人，为了追思缅怀英雄的先祖，而假设的一个念想吧。一个很大很大、也很空很空的念想。不是吗？我从内地、从铁木真曾经踩碎了的土地上而来，稳稳地端坐在他的身边，和他正在聊天哩。一拨一拨的游客，也从四面八方而来，像复苏了的小草延绵不断。成吉思汗打下的天下，短短一百年又如他消灭了的西夏、西辽、大理、金，殊途同归，灰飞烟灭了！

铁木真，他空忙了几十载，我回身对他笑了！

南宁乌龙行

一个月前，杨年华老师对我说：广西省百色市乐业县，有一个驻村的第一女书记因六月份山洪暴发不幸遇难，这个女孩才三十岁，北师大毕业却返乡驻村，得到中央嘉奖表扬。杨老师想和我先去采访，然后俩人合作为她著书一本。于是，我有了一次南宁行。

我一出南宁机场，按两小时前和杨年华老师的约定：我先到南宁的话，就去找一个能到乐业的汽车站，再在那附近找一家宾馆住下，等晚上咱俩会合后，再好好商量一下今后几天的采访工作。

从天上落到地上，人的大脑总会有片刻的空白。在我的眼里，所有的机场一个模样，大同小异而已，就像空姐的微笑，对任何人都一样，你千万别自作多情。一朵朵的白云还在脑海里飘移，燥热的空气开始层层剥脱我的外衣，直到把我从飞机空调里穿上的那层凉爽适宜的蝉丝脱得荡然无存。一波波的热浪、一阵阵的噪音袭来，我的每一个毛孔都张开了惊讶、无奈和无助……我明白了，已到人间，这是我所熟悉透了的人间。

一出机场，我茫茫然不知所措，有点六神无主了，无形中就跟着别人来到一个买票机前买了一张到"江南汽车站"的票。等到上车，我忽然想起一个城市的汽车站应该有好几处吧，不知这个江南车站有没有去乐业的车？真是想什么来什么的，一问，那是一个短途汽车站，乐业距南宁还有好几百千米哩，那儿真去不了乐业。我急得像热锅上的蚂蚁，按照好心人的指引，咨询到了怎么去换票。一通忙碌，一通好话下来，总算把票换成正确的了，买了一张去"动物园"的车票（那附近有一个长途汽车站）。

　　乐业，是我们要去的地方。拿着车票，我似乎握住了乐业，已把它定位在脑海里，和它觉得又近了一步，有拨云见日之感。因早晨五点钟就被叫醒坐车，没有睡好，头重脚轻的，我忙找个地方坐下。几个小时来，我自从进了机场，就再没有抽过烟了，这时烟瘾也蠢蠢外钻。我忙借了一个火，点着一根烟，边潇洒地抽着烟，边把去"动物园"的车票拍给了杨年华老师，心想：老兄，你就安心坐飞机来吧，下榻等事宜看我的。

　　不一会儿，杨老师发来一条信息："明天的票暂缓一下买哈！有点新变化。"

　　"什么变化？"

　　"那乐业县政府刚发来了一个信息，他们的上级百色市政府还没批下我们的采访。"

　　"那咋办？我已到了南宁呀。"

　　"你等我过来再商量。"杨老师可能还没有预感到事情的严重性吧。他已经到了拉萨的机场。听他的语气，势有不撞南墙不回头，准备要过来了。

　　其实他的票比我先订了一个上午。头天上午，他发来一条信息：乐业县政府方面同意了。我们马上动身过去采访。之后半小时，他又把他订票的信息发给了我。当时，我正好和文友在韩少功老师家坐，韩爹还特意对我讲了有关为写一个人去采访、出书将遇到的诸多意外事情。他劝我先搞稳当再动身不迟。但自从收到杨老师的所有信息，我知道要去广西南宁已经铁板钉钉了，所有旁人的话"忠言逆耳"。"君子一诺千金"，于是匆忙订票。平时订票很难，而这回订机票又早又便宜。他的登机时间是下午三点多，我的登机时间却是上午七点多，因此，他还没动身，我已到达了。

我坐在去"动物园"的大巴上。这时，杨老师又转来了一条航空公司的信息：……如已值机，请在原渠道取消值机后操作。游游提醒您因航班临近起飞，如需更改机场柜台协调更快捷。

什么？飞机航班改期？真是"屋漏偏逢连夜雨""三军未发，将旗先折"，一种不祥的预感袭来。我坐在这大巴上，心里七上八下的、五味杂陈，范老爷子的话谆谆在耳："进亦忧，退亦忧。"这何其不是我的此情此景？于是，我回复了杨老师一条信息："不知那百色能对接得了不？如果对接不成，你来也是枉然的。等那儿对接成了你再出发为妥。"大概杨老师听我这么一提，就开始四处打电话联系了。

我已不在乎大巴车到了哪。在车上颠簸、不停地发着回复他的信息。心想：反正去与不去动物园一个样了，车到哪儿终点，哪儿就是我的终点。一直坐到终点站，和杨老师的信息往来一直没有停。我已感觉到了他也山穷水尽。他把当时乐业方面负责接待我们的人的电话，以及县政府办公室的电话，一股脑儿发给了我，叫我也去打一打，试一试。

我先打了接待人的电话，那边接待人的语气显得很无辜，变得很弱小：对不起啊，我只是个跑腿的。越听，他确实是无能为力，我似乎比他还稍强一筹，至少我的口袋里、手机支付里还够住宿及买票的钱……我该不该要同情体谅他呢？——他就好比一个看牛娃，丢了牛又怎么能承担丢牛的损失？他也赔不起啊。最后，他出了一个主意给我：你去打办公室的电话吧。

我又拨通了乐业县政府办公室的电话。那边语不着际，我没听出一句有用的话来，也是一幅可怜的媳妇相，往婆婆身上推，只有一句话我听明白了：已经告诉杨老师，叫他想办法去找一个熟人与市政府对接对接一下就行。说得轻松"对接一下"，就是这一下难啊。唉，我们到了机场，又到了南宁，还去哪儿找关系搞对接？就算有高人出面给我们开一个市政府对接证明，盖上一个公章，这也来不及了呀。箭已出弦，刀已出鞘。这时，我全明白了：什么跑腿的、什么对接，都是在忽悠我，鬼里有鬼哩。

下车，先吃饱肚子再说。这个南宁于我此时已反感透顶，但饭菜确实便宜。我点了一份排骨蒸饭，要了一瓶罐装啤酒，才二十二元。吃完饭，我在街上茫然地闲逛，慢慢也理清了思路：嗯，还是打道回府吧，别磨叽了。

网上订票。飞机票就不看了吧，能省就省一点。我订了明天早上七点四十的高铁。

回程票买好了，后面的行动方针也跟着明确，必须找一个离高铁站近的地方住下。

"师傅，送我到高铁站多少钱？"

"上来吧，打表的。是多少就多少。"

我又坐上了出租车。在车上听司机说，我刚好从南宁西坐到了南宁东。下车，问司机多少钱。他说，七十元。本来说好了打表，他却不给我表单。纠缠几句，懒得多说。反正今天是个倒霉的日子，人不走运，喝口凉水也塞牙。千多元都去了，还计较几十元，有意义吗？父辈的农民意识告诉我，出门吃点哑巴亏，只要不死人，没关系的。

为稳当起见，先把明天的高铁票取了吧。我一走出高铁站，又有人问我住宿的事了，"一个要补锅，一个锅要补"。我当然要住宿，四顾一下四周，很远的距离无住房，就一拍即合，跟着那人走了。谁知，他还是一个摩托车拉人，心里凉了半截。七弯八拐，竟把我拉到了一个小区里面。

那人带着我上到十六楼。原来这所谓的宾馆，却是三无产品——无招牌，无执照，无独立房间。房，都是一间间用半截高的木板间出来的鸟笼房。最小的八十八元，最大的一百三十八元。怎么办？我想走，那胖女人一幅命令式的口气："这四处无租房了啰。"看来，我万一真要走人，非得和她大吵一架不可。算了，住下吧，反正一夜，再无下次。

住这楼上，我感觉到一种从未有过的郁闷，想下楼去走走，顺便找点吃的什么。坐电梯下到楼下，全是住户，没有一家做生意的。我方才想起：我一没有钥匙，二没有那个胖女人的电话；这又是一色的楼梯口，万一走错了，或进不去，那又咋办？我急忙饿着肚子转身上楼了。敲了几下房门，幸好里面还住了一个老实巴交的老年人，他帮我把门打开了。

嗯，是有点饿了。那住宿的老人给我递过来一张菜单。"这是订饭菜的单，上面有电话，你照着打吧。这也是老板娘介绍给我的。"

打通了，"老板，麻烦你送一份大葱炒牛肉饭菜上来。十六楼四号。"

"好的，还要饮料吗？三十元一份，米饭一元，罐装啤酒四元。"

"好的，就这样吧"

半个小时，饭菜来了。他接过三十五元钱就一溜烟转身下楼去了。我打开一吃，十分诧异，这哪里是牛肉？明明是猪肉。我忙打电话过去，一直通话中、占线……饿了先吃上几口吧，算了。

胖老板娘上到楼上，我忍不住找她理论起来："二十五元的莴笋炒肉，怎么要当三十元的大葱炒牛肉骗我？麻烦您叫他退回五元钱吧。"

经我一番慷慨激昂，老板娘把电话打过去了，之后传话给我：那边说是牛肉哩。我顿时火冒三丈，真是活脱脱的指鹿为马呀，明明是猪肉，偏偏要说成牛肉！猪肉牛肉我分不清，那我还算一个从小跟在牛屁股后面长大的人不？这肉连牛屁的气息都没有一丁点哩。那胖女人敷衍了几句话：我看到了他，就会叫他退回五元钱。说完，出门走了。

等她一出门，我放声大骂起来：刚才进门的时候，还说你这儿最便宜！还说是为了图回头客！下辈子、下下辈子，我也不会再来你们这个鬼地方了。

第二天早晨六点钟，这房东老板总算守了一回信用，把我叫醒，说送我们去高铁站。说实在的，他不送我，我还真不知道怎么去哩。来时，是那胖老板娘拉我来的，穿街走巷，坐在摩托车后面，谁记得清来时的路线哟。

又到了昨天买票的高铁站。我急忙寻找早取出的那张南宁票。真碰鬼，袋子翻遍，票不见了。急忙咨询，售票员说：得先重新买一张票，到了终点站，再去退回。我已经被一路的骗话吓怕了，有点犹豫。但回头一想：不买票，我又怎么能进得了这富丽堂皇的车站呀？

迫不得已。买吧。还有二十分钟就要验票了。我总算安静下来，找出了另一张中途转高铁的票，这回别丢了，紧紧地握在手中。我拿着中途转车的票，翻来覆去地端详，竟发现了一个新大陆：一张票两面怎么一个样？原来那之前订的"南宁—长沙"的票因沾了一点湿，紧贴着"长沙—汨罗"的那张票。心里暗自庆幸，又暗暗骂自己，真糊涂呀。

偌大的车站，人流簇拥着，坐的、站的、走的、排队的都像大雨前出孔的蚂蚁，一堆堆、一排排、一个个……整个车站就是一个很大的蚂蚁窝。我又发现了一个奇葩的现象：大部分人都在做着同一个动作，手里拿着手机，要么把手机放在耳边，要么放在嘴边，或目不转睛，直直地、傻傻地盯着手机的屏幕。有的边排着队，差一两分钟要过验票口了，还在不停地在网上热聊。有的身心投入，或笑、或忧、或亲、或骂，无奇不有，人生百态。我忽发感慨：这车站流行的手机热，不知始于何年何月？外星人若见着了这一帮手里都拿着一个大小相同的东西、像疯了般的特殊人群，不知做何感想？会不会跟我们看猴子玩杂技一样好奇？

我匆忙赶往刚才买票的地方退了新票。扣去两元，有惊无险，值！

过验票站，我头也没回；上了高铁，我同样头也没回！

走在汉中

这是一个高铁的时代。三百多千米的速度。列车一路碾过渐浓的秋色，呼啸而过巴山夜雨。我像坐在一枝嗖嗖的箭头，一下子就把我从湖南射到了秦岭腹地。

来时，我还身着一件短袖。车近洋县，已是傍晚时分，秋的感觉更浓了。

江山如黛。陕南的秋，格外分明。大地上的树木，一片微黄。晚风扯下一片、两片落叶，向远道而来的我递上了西北之秋的请帖——有寒气袭来，我不得不向一个季节投诚，匆忙从旅行包内取出随带的外衣加上。

在车站广场，迎我的是两只朱鹮的雕塑。它们张着翅膀，涨红了秋天的红冠。

一

洋县，是朱鹮故乡。第二天，拜会朱鹮自然是此行的首站。

朱鹮，雪白的羽毛舒展着轻盈的身子，如一朵白云飘过了秦时的明月汉时关。它最突出的是一张黑黝且长长的嘴，稍呈弧形，飞起来有如一钩新月挂在云边，也似一位美丽的村姑手握着镰刀刚从田野里收割回来。它那镇定而缓慢的步伐，就足以证明它是历经过风雨的物种。不惊不乍，有时呆若木鸡，似乎见惯了游客的行色匆匆和人间的世态炎凉。纯纯粹粹的眼珠子沽溜沽溜，眼神传达的是一种空茫，透出寂寞与苍凉。这时，我陡添怜悯，觉得它还真不及于我那般自由。外面的世界这般广阔，它为何只能生活在这几千平方米的范围之内？它们的子子孙孙、夫妻伉俪都应当无数次想过这件事吧。它有翅膀，却失去了上天赋予的作用；它那长长嘴巴也没有多大的意义，因为它的一日三餐应都是养殖基地的管理员在精心安排。这好比古代的皇帝看似高高在上，养尊处优，生活却全由别人在操作摆布，连哪夜与哪一个嫔妃睡上一觉都有太监守候、记录备案。它们的"繁殖"关乎"外交"——朱鹮借到日本去生儿育女，还得惊动国务院批准哩。简而言之，洋县的雄雌朱鹮被人护卫去一趟日本，如同发射火箭，地球人都盯着是否"发射成功"。

据讲解员提示，每一只朱鹮的脚上都系着一个的环带。这好比我们的身份证吧，包含着很多的信息量。这也代表了它们不同于普通的鸟类，是其特殊和稀贵的标志。朱鹮一天比一天长大，这环却是固定的，怎么办？不必操心。讲解员说，它的脚会随着年岁的增长，只有越长越细。从环的松紧，我们还可以大略分辨出每只朱鹮年龄的大小。

朱鹮，这曾是日本的国鸟，它和人类相处几千万年了，如今却要濒临绝迹。而我，在洋县竟然见到了它。这真是一个美好的遇见，在星球的一个点上，我以人类的名义，和它对视万年的时光。

二

洋县，既然能留住稀贵的朱鹮，一定也会有古人远逝的繁华古镇吧。

我们行走在华阳古镇上。这时的天空下着毛毛细雨。虽然古镇的门楼、青石板和旧木房一眼看去就知道是近年新造的"古建筑"，但若把思绪放飞——撑一伞斜风细雨，漫步于小巷整齐的青石板上，边走边看着傥骆河中的流水，翻过一个又一个的拦坝，编织出一条条的小瀑布，有树叶偶尔飘落，转眼随流水不知所踪，我仿佛走在一片无尽的诗意中……古镇，放目望去是一条长长的、深深的巷子，行人稀少，那巷里装的应是满满的岁月陈酿和傥骆古道嗒嗒的马蹄声声——汉高祖的兵马粮草，在那集结、运进运出；蜀军、魏军的战马，在那进进退退、攻攻守守。有马蹄声声，那是一骑红尘送荔枝去长安吧；还有唐朝德、僖二宗仓皇南逃、急促的瘦马身影，全从这一掠而过……斜斜的雨水飞飞洒洒，让人忽觉身处于一种远古翩然而至的意境中。我心想，一个湖南人怎么会来到这里？我不是因讨生活而来，也不是走亲戚而来。我只因心中揣着一份古时文人皆有的情结——以文会友，约好了一帮五湖四海的文朋好友在这汉江之畔、华阳之滨。想着想着，我穿过历史的文化长廊，觉得自己就是那年那月、那个走在雨中的落魄书生吧，我应是那"竹林七贤"中的一人，抑或是兰亭楼上的醉客、滕王阁上的座宾……那一群人哪一个不是"萍水相逢，尽是他乡之客"？哪一次聚会又何曾不是"时运不齐，命途多舛"者在寄情于山水？而每一个人醉了，都浅吟低唱着同一个声音：关山难越，谁悲失路之人？……我豁然了，我明白了，自古文人多末路啊！

我久立于斜雨的桥上，望着满河的石头，大小不一、奇形怪状，忽发奇想：这些石头应是从大汉到今，也许有哪一块巨石上，曾经坐过当年的汉高祖，或者是张良，或者韩信吧。我急忙扔下雨伞，请人帮我拍下了几张留影，而且诗兴大发：

> 细雨徐徐栈道边，
> 萧萧落木又千年。
> 秋风不识江南客，
> 湿我鞋帮傥骆间。

三

游石门栈道和古汉台。到汉中，不去栈道上见见汉高祖，见见韩信、张良，不去感悟一下栈道上的风起云涌，就枉到了一回汉中。重言之，就枉为一个汉人了。

古栈道，我来了！只为觐见你，刘邦！张良！韩信！萧何！走在石门栈道上，我仿佛是从西汉来到了东汉。一个个熟透了的汉朝故事、汉朝人物，齐齐奔涌而来，把我重重包围。我踩着汉高祖的肩膀，看啊……萧何、韩信什么时候摒弃了前嫌，又站到了一块？韩信真的忘了那小阁楼上的乱棍吗？他真的不知道那置自己于死地的主意，就是站在身边的这两个人的合谋吗？高祖怕我泄露天机，又把我托了一托，我站到了历史的巅峰，远眺……我看到汉武帝。汉武帝真英武啊，大汉的江山就是在他手里开拓！中国的雄鸡地图，如果没有他的那一笔，真不知道这雄鸡如今是麻雀，还是三不像？卫青和霍去病像两尊护卫神，正握剑向北。想到卫青、霍去病这俩舅甥，我想起了"封狼居胥"——漠北的狼居胥山上的烽烟如今飘向何处？当年那块石碑可曾安好如初？匈奴，一个勇敢、顽强的民族，骚扰了秦、赵、燕及后来的西汉几百年，自霍去病横空出世，经漠北一战而定乾坤，这个匈奴民族自此分崩离析，分成了南北匈奴，最后走向永久的沉沦。大汉稳稳地控制了河西走廊，再没有了一个称作"匈奴"的心腹之患来犯。正如后来匈奴人自己悲歌：失我祁连山，使我六畜不蕃息；失我焉支山，使我嫁妇无颜色。

北匈奴在西汉军的持续的打压下，开始了民族的大迁移——往西、往西。几经战争融入了欧洲，如今的匈牙利、罗马帝国的后裔都可见其影子。南匈奴经三国、魏、蜀、吴的吞吞并并，后赵、前秦、北魏的城头变幻、改朝换代，三番五次分分合合的融合，到隋唐已彻底融进了汉民族博大的文化圈里。

四

我一直往古栈道方向赶去。抬头仰望，让我无比震撼的是秦皇、汉武、唐宗、宋祖，还有成吉思汗、康熙等帝王都站在山崖的边上，个个雄赳赳、气昂昂，栩栩如生，面向褒河。这历朝开国之君并排而列，如同把两千多年的民族发展史连贯成排了，如褒河之水，滚滚而来，滔滔不绝。

石门栈道又名"褒斜栈道"，因为此地相传出现过一个叫作古褒国的小国。历史上的"烽火戏诸侯"让周幽王亡国的美女褒姒就出生在此。栈道修在褒河对岸的山腰中，据传这是当年张良给刘邦献的第一个计策。因为当时项羽比刘邦力量强大得多，项羽只留给刘邦三万人马。为了让项羽放松警惕，刘邦需休养生息，厉兵秣马。于是以烧毁褒斜道来昭示自己无谋天下的打算，永不出汉的浅陋之见。项羽信以为真，从此再也不把刘邦当作一回事了。刘邦经几年的休养生息，刘邦从最初的三万人马，已拥兵十万，良将如云。蛟龙终非池中之物。他准备翻过秦岭，出汉中而图天下了。第一个成为他要吃的对象便是褒斜栈道的北端雍王章邯。

统帅韩信又一次用上了张良麻痹对方的办法——派樊哙和周勃去修复栈道。三岁小孩都知道，若靠人力要修复五百里的栈道，不知要修到哪个猴年马月。雍王暗自讥笑：这个讨饭出身、钻过人家裤裆的韩信真不懂什么领兵打仗！谁知刘邦、韩信领着十万骑兵暗度陈仓，冲雍王府来了。那樊哙、周勃还在日夜修复栈道，这仅是虚晃一枪而已。

我站在对河遥望着古栈道，思潮澎湃。想当年刘邦和张良也应是站在我这个位置指点着对河的崇山和古道。张良对刘邦分析了天下大势，认为一把火烧掉栈道的道理。刘邦茅塞顿开，如拨云见日，这好比几百年后的诸葛亮和刘备的"隆中对"。我似乎看到了对河的栈道上正在熊熊燃烧。张良骑着马，边烧边走，一片火海，漫山绵延五百里。英雄就是英雄，凡夫俗子有这气魄吗？烧的不仅仅是栈道，栈道连着群山，整个五百里的山群都点着了，这可是一片火海，这可是当时天下的第一新闻，项羽怎么不知道呢？大丈夫干的是大事，哪管得这么多，烧！几年后那个鸿门宴上佩剑闯入酒席、横眉冷对楚王的樊哙和后来拨乱反正、挽刘氏江山于既倾的周勃也来了，他们在我站的位置安营扎寨下来，指挥部队大张旗鼓正在修复栈道。伐木运材，川流不息。

这还有一个石碑写着二字"衮雪"，让我看了许久。因为这是曹操所书，曹公可谓是出了名的文字高手，他写的东西你不可小瞧。"衮"怎么少了三点水？当时就有部下问他，他说，褒河里有一河的水可取。曹孟德就这意思吗？非也。"衮"者，龙袍也。燕雀安知鸿鹄之志哉？曹操是在写江山啊。

我们汉民族确实是一个智慧、勤劳、勇敢的民族。你只要去通读几本两汉三国的书，进入其中的故事里，处处是谋略，遍地是英雄，让人佩服之至。

五

到了汉中还有一个英雄人物必须去拜会——张骞。如果说别人是刀剑闯天下而名垂青史，那么他就是凭一双脚板而名载史册。

当时汉朝最大的敌人就是匈奴。为了彻底消灭这边境上的强敌，汉武帝刘彻采取远交近攻。他派遣张骞出使，联合与匈奴不和的周边国家大月氏夹攻匈奴。在匈奴人堂邑父的带领下，从长安向西域进发，当到达河西走廊的时候，才知月氏人被匈奴紧逼骚扰，乃西迁了，这整块区域已成为匈奴的势力范围。张骞等人就在这河西走廊不幸被捕，这一捕住，软禁于匈奴十年之久。直至匈奴松懈了戒备，他才得以逃出匈奴的管辖范围。张骞出逃后，并没有想着要赶回汉朝老家，他"不辱君命""持汉节不失"，始终没有忘记汉武帝所交给自己的神圣使命，没有动摇为汉朝通联月氏的意志和决心。他打听到了大月氏已迁至咸海，于是便向西南行进，进入焉耆，再溯塔里木河西行，过库车、疏勒等地，翻越葱岭，直达大宛。一路是戈壁、沙漠、峻岭、河流、飞沙、走石、热浪、干旱、冰雪、寒风……沿途人烟稀少，水源奇缺，非超常人的意志是无法做得到的。不少随从或因饥渴倒毙途中，或葬身黄沙、冰窟，到最后只他和堂邑父两人生还。经过这长达十多年的西行，汉朝摸清了外面的世界，那些西域小国也熟悉了大汉，逐渐归顺臣服于大汉王朝，这也为后来的卫青、霍去病攻打匈奴创下了坚实的基础。

张骞可谓是中国走向世界的第一人。从他的身上可以看到我们民族坚韧、顽强、勇敢的性格。只有这样的人才是不可战胜的！窥一斑而知全豹，这也就是汉民族能几千年屹立于世界民族之林而不败的原因吧。

六

拜将台，是当年刘邦拜韩信为大将的地方。韩信出身微贱，要过饭，参加过反秦战争。他先服役在项羽的军队里，无人问津，其人才埋没。后来他又投奔了刘邦，仍不得重用，只好再度出走。走到半路，被萧何骑马追来而留住。之后，经萧何向刘邦力荐，方有日后崭露头角、施展抱负和才华的机会。这就是"成也萧何，败也萧何"中的前一句话的来历。

拜将台，据说曾是一个土堆，在一片农田的中间。后经人无意发现，挖掘出相关的文物资料，得以证实此地正是刘邦拜将的地方。几经建设，才有今日这看到的恢宏气势——韩信手握佩剑、气宇轩昂，高高地站在拜将台上。

"韩信点兵，多多益善"，指的就是这个韩信。从这句话，足可知他确实是一个能统领千军万马的帅才。萧何曾赞誉韩信"国士无双"，刘邦评价他："战必胜，攻必取，吾不如韩信。"他揽王、侯、将、相于一身。可以毫不夸张地说，如果没有韩信，中国的历史也许会改写，也许不存在一个几百年的汉朝，更勿论今天的汉族、汉人这个概念。

韩信死时三十五岁，正当风华正茂，真是天妒英才。刘邦天下已定，没有了当初打天下时的那种虚怀若谷，礼贤下士。而韩信因功劳太大，也有点居功自傲。自古有句"功高盖主"，刘邦对韩信产生了很深的隔隙。萧何是刘邦的军师，为国家长治久安计，就给刘邦出了一个主意如何铲除韩信。

韩信向刘邦求封，刘邦说：你功劳太大，封啥都不够，就封你死不见天地吧。一天，萧何把韩信约到了一个阁楼上饮酒，待韩信上到楼上，萧何拿掉了楼梯，埋伏暗处的刀斧手一齐涌出，一顿乱棒就把韩信打死了。这就是"败也萧何"的来历，也真是"死不见天地"了。

韩信虽然英年早逝，但他名垂史册，流芳千古了。假如他没有死，而被刘邦列土封疆。人往往因富贵而矢志者居多，说不定他为追名逐利，早毁了一世英名。

所以我认为生命不在乎长短，而在于其创造的价值和意义。

七

最后一站，游古汉台。汉台，我来也。

当我拾级而上古汉台的时候，心蓦地凝重。有一句话："汉中，汉人的老家"。原来听来，感觉只是一句广告语而已。一路走来，无刻不是行走汉代历史的氛围中，感同身受。回家的感觉便骤然而至。

一块石头深深地矗在古汉台的土壤里，上面写着"汉台"二字。这儿是刘邦封为汉王的行宫；这儿正是汉朝、汉族、汉语、汉字中的"汉"的发祥地。世界华人只知道自己是汉族，说的是汉语，过的是汉人风俗，又有谁真正能讲得清楚：我为什么叫汉族？为什么要说汉语？为什么习惯过汉人的风俗？木有本，水有源，汉的源和本具体物化又是什么呢？在哪里？

我找到了，在这里！在古汉台，在古汉台上这块石头的下面。当我抚摸着这块不算巨大的石头，我如同抚摸着莽莽昆仑……自己仿佛站在地球的一个支点上——这个支点，就凭着这么一块石头，足以平衡地球的正常周转！这块石头如同一艘大船的压舱石，它压在两千多年历史长河里、这艘中华民族的巨轮上，压在一代一代华夏民族的心坎里。

第三辑 东海扬尘

手术室里的人早已撕尽了我的尊严，
风都可以吹走盖着我的遮羞布。
病中的我，却还跟孔乙己的想法一样，
　　要做一个强者，要穿着长衫站着喝赊
来的酒哩。

我从身体里取出了结石

结石这种病痛说来就来，是毫无征兆的。到年底了，本来事多，它却偏偏趁火打劫，把我年底所有的计划全打乱了，这段时间，弄得我焦头烂额。

因为岁近年关，不宜远出求医。每每一痛，我就到附近医院吊上几瓶盐水。往往吊完水就不痛了，回到家才过半天，又痛了。就这样循循环环、反反复复。家里、医院两头跑，我实在无可奈何了。一痛起来火不知从哪儿发，就写了几句小诗牢骚一阵：中药吃完了／点滴打完了／医院里的人都走了／天黑了／结石跟着我回来了。

正当我一筹莫展之时，碰着了医院里一个当医生的朋友。他介绍我到长沙一家结石专科医院治疗，他说，他那年得了结石病是在那儿治好的。给了一个电话，我似乎像抓到了一根救命的稻草。心里盘算着离过年还有十天，俗话说得好"扫干烟尘过年"，得抓紧时间去把那手术做了，别把这倒霉的病带到2019年去。

到了医院，一切都得遵医院安排。做这种手术有两种，一种叫无创，一种叫微创。顾名思义，我自然选择了无创手术。这无创还真不是我所想象的那般简单的"无"。第一天是照片，凡医院能照的机器照了全身又照半身，主治医生为了稳妥起见，又把我带到他们合作的一家肿瘤医院做了一个CT。前前后后，我数了一下一共照了六个片子，圆圆满满，六六大顺。这回真像是要"过年"了，身体从里到外来了一次大扫除——片照了，化验做了，又打了半天的点滴消炎，所有这些都是为了那个手术的前期准备。我遵医嘱，过了晚上十二点什么也没有吃了，直到第二天下午做第一轮手术——放管。

放管，可不是像安装一根自来水管那么轻松。半身麻醉后，赤条条的，任凭医生摆弄，这是我第一次裸露于大庭广众，真和尚做新郎——头一遭。我自幼长在农村，见惯了别人黑不溜秋，而自己生来肌肤雪白，年幼无知反倒嫌身子太白，怕被别人发现，久而久之形成了习惯，无论多热也从不打赤膊。这回破天荒了，在众目睽睽之下，为结石而献身，几十载功亏如篑，一场病毁了我半世的"守身如玉"。

手术大概不到一个小时。因是半身麻醉，头脑清醒得很，身旁的男男女女医生讲话，我都听得清清楚楚，但就是动弹不得，无法掌控自己。我像灵魂出壳游离于梦境般，飘浮在九霄云外，只有大脑属于自己，其他部位已不听指挥了。我心里一个劲地想着，或许人临死之前应是这种状况吧——肉体还在任人摆弄，灵魂却正走在去阴曹地府的路上。在这手术过程中，我想到了我母亲临终前的情景。母亲是一个最爱面子、又爱卫生的人。虽然她病患几个月，已身如风烛，却从不让做儿子的为她去洗一回身子，情愿自己拖着沉疴的病体坚持自理。记得临终前半小时，我扶着她解了最后一次小便，她既担心搞脏裤子，又担心我看到她的屁股，那慌乱的神色真让我刻骨铭心。但半小时后，她安详地去了另一个世界，她的最后一个澡却由不得她，还是做儿子的帮她洗了。现在我回想啊，那时的母亲虽然肉体已经死了，但灵魂肯定还在房间，她定有万个不情愿让人看到她的身体啊，包括儿子我在内。她的灵魂肯定很无助、很悲哀，正如我此时睡在手术台上一模一样。

放完了管子，手术才完成一半。接着又是打点滴，休息一周，再来做手术的第二步——软镜碎石。这个手术和上次放管程序差不多，同样例行公事，照片、化验。只因软镜要通过管子去到肾里取结石，麻醉分量加重了一些，时间也长了一点。手术过程中我有偶尔翻胃欲吐的感觉，但我又似乎连吐的力气都没有。我睡在手术台上，想入非非，除了想起母亲的临终，我还设想着法西斯给犹太人打针做试验的情景。下了手术台，也和上次一样，手上吊着盐水瓶，下面还带了个尿袋子。我拖瓶带袋，象征性穿着一条医院特制的大头裤子稍做遮羞的样子。迷糊中，我意识到只要我一松手，裤子就会滑落，我感觉到医生们正在七手八脚把我当一个物件在搬来搬去。在他们眼里，我心中的那点羞耻、尊严已不值分文了。一出手术室的门，我潜意识还是死死地抓着裤子，守着那最后的一道防线。整个人像从湍急的流水中冲到了岸边，身下是一片狼藉。躺在病房的床上，我心里忽生一个念头，此时倘若有人闯进病房来打劫我，那真是最好的时机了——因我下半身一大截没了丁点知觉，还牵袋挂瓶的。打劫者想要什么就只管拿吧，心里只求别碰着我脆弱的身躯。

结石取出来了，还取出了之前我从没想过的很多道理。打娘肚里出世，我第一回做这种手术，真跟大病初愈般，顿悟了许多，老子说，人生于自然，死于自然，任其自然，则本性不乱；不任自然，奔忙于仁义之间，则本性羁绊。功名存于心，则焦虑之情生；利欲留于心，则烦恼之情增。其实人活着比任何动物都累，深陷欲望与名利的泥潭，在虚伪和面子中扯来扯去，正如我的母亲直到临终，都不曾放下那"焦虑之情"。假如我是一只别的动物，会有因病而打乱之前的工作规划而苦恼吗？手术下来我已筋疲力尽了，却不忘死死抓着那摇摇欲坠的裤子，这岂不正是"本性羁绊"？仔细一想，人还真不及一只动物自由，比圈养更胜圈养！圈养的动物也只不过圈养了它的身体，而我们圈养的是自己的思想和灵魂。

人的生命又是多么的脆弱，不堪一击啊。一场病，就能让一个人的斯文扫地，勿论更严重的天灾人祸吧。手术室里的人早已撕尽了我的尊严，风都可以吹走盖着我的遮羞布。病中的我，却还跟孔乙己的想法一样，要做一个强者，要穿着长衫站着喝赊来的酒哩。

养病

去年做了一个结石小手术，因近年关了，医院要放假，装在肠子里的那根软管，留到了今年开春初八才去取掉。管子一取掉，我似乎整个人都轻松了。

其实，结石已经打掉了，身体再没什么大碍，只是肠里还留存一根管子，要等到慢慢没了炎症去取掉，需养养病而已。但半个月来，因肠子里有了一根管子的存在，人总是提不起精神，病恹恹的。又恰逢过年，人生还真第一回过了一个如此凄凉的年。我偶尔进进群，见着朋友们发红包也没兴趣，懒得与人家互动。加上遵医嘱要少行动，多喝水。我就一直大门不迈小门不出，天天坐在家里看看书、看看手机的。大部分的精力放在喝茶、想病和吃药丸上了，或者上厕所看看尿的颜色是变红了呢，还是变白。一家子人都把我当个特殊人物，饭来上桌，衣来伸手，事事遂我意，我反而天比天的饭量小了，啥也没了胃口，曾经记忆里的饥饿，却成了我最大的奢望。

家里来客人了，老婆第一句话总是介绍我做手术的事。这样一宣传，我无形中心里也真把自己当个大病号，默契地配合着老婆的宣传，对客人也就莞尔一笑，礼貌性招呼一声，就再也不说多余的话了。也许是潜意识里怕"言多必失"，会让人家怀疑我的病情吧。久而久之，我没了从前侃侃而谈的兴趣。特别是碰着接二连三的亲戚来看望我，我干脆以病装病，坐在沙发上懒得动身，偶尔说一两句话，最后客走一句老台词"我就不出门远送了"。

病，就这样越整越像样，也越来越沉重。记得《大学》里有这样一段话：身有所忿懥，则不得其正；有所恐惧，则不得其正；有所好乐，则不得其正；有所忧患，则不得其正。心不在焉，视而不见，听而不闻，食而不知其味，正所谓修身在于正其心。这段话似乎就是针对我说的，心里因恐惧病魔，整个人也跟着变怕了，本是身体恢复期，却变成了身心皆病。日复日小病成大病，不病也病了。

我回思反想一下，凡我熟悉的已故亲友，无不都是从进医院后，开始病情日渐恶化，直至最后以各种方式"回老家"的。医院就如同终审法院，一经判决有事，去日苦多……

曾记得家父离世前的一年，身体还棒棒的。那年八月，他老人家八十一岁的高龄，我老房子后面的树大腿粗一棵，有十几棵，他却一个人一棵棵把树放倒，又裁成一截截，然后用斧头砍烂，准备自己过冬取暖。然而搞完树不久，他说：腿有点肿，人没啥力气，拖不动身子。我们把他送到医院一检查，身体有病了。从此，他成了一个旅行包，任由我们从这家医院搬到那家医院，到最后治来治去，这病成了送他终老的病——肾功能衰退。

相反，我有一个舅父，和父亲年龄差不多，一辈子单身，一辈子不吃药，也从没进过医院。在他的字典里没有"病"这个字，他的治病秘方就是——喝酒和出一身汗。说起这舅父也真是个怪人，虽然有几千元的退休金，却很少去花。除了大米、油、盐必须花钱买来之外，其他一概自产自种。他从厂里退休将近二十年了，一天也没有闲过，因他年轻时曾学过砖瓦匠，七八十岁的人还到处寻零工打——帮人家修修补补房屋什么的。他一般去到方圆几十里路远的地方，从来是有班车不坐班车，偏偏要走路。他说，脚是用来走的。家里一直通了电，但他却从不用电照明，而是用几十年前老掉了牙的办法——点煤油灯或者手电筒。他的理由更简单，一个人要这么大的亮干嘛呢？至于像我们这些做外甥的人有时买了新衣服给他，他是死活也不会要的。一年四季穿着他那缝缝补补的旧衣服，还振振有词：我的衣服洗软了，比什么新衣服还好哩。他还有一个癖好——特爱干净，他的衣服虽旧，但总是干干净净的。据我母亲曾回忆，他年轻时，不管天气多冷，每天的澡是必洗无误。要是偶尔得了感冒什么的，他挂在嘴边最经典的话就是，"搞点事给我做做"。或者是，"搞一杯酒给我喝了，让我好好睡一觉"。记得他很久以前说过一次生病的事，那还是没有退休的时候，因工作轻，一天难得出汗，有一次他病了，见一户工友家属买了很多的煤在楼下没有人搬，他就主动请缨帮人家把煤全部搬到了楼上，出了一身大汗，晚上洗个澡，第二天，病也好了。病，这魔鬼还真是欺软怕硬、看人脸色、随贵随贱的。

刚才我说到我的父亲，还没有讲完。因父亲子女多，儿女也为了不落下个不孝不顺之名，医生说个什么，就用什么。比如为了补充白蛋白，我几次跑到别的药房才买了回来。在父亲去世后，我痛定思痛地想，父亲的病属于老年性肾功能自然衰退，用白蛋白其实是适得其反的。如果顺其自然，父亲可能还不至于遭那么多的罪。但经不同的医院、不同的医生一顿整治，那几个月，杂七杂八的药物一顿乱吃，真是满汉全席。风烛之年的人怎么受得住呢？就好比他本来是安稳地坐着，我们硬要把他吊在半空中折腾，好人也折腾成了病人。

父亲和我爷爷的"老病"其实差不多。我隐约还记得爷爷要"老"的那一两年，也是腿脚浮肿。但那时人有病，哪有几个人会进医院的？

（也没什么大医院，一个乡就是一个乡卫生院，里面几个"赤脚"医生），人能吃顿美餐、饱饭去死，就很了不起了。记得爷爷最喜欢吃芋头，头天晚上自己炖了一锅的芋头（那时炖菜根本没有猪油，最多放点"棉油"星子），他老人家边试吃边炖，等到炖烂了，一锅芋头也试吃完了。第二天却悄悄"老"去了，寿终八十九岁，没受一点折磨。

　　而我父亲经我们半年多的折腾，到老还受了一截不小的罪。养病，把父亲最后的一程弄得一塌糊涂，延长了他痛苦离世的过程。他的病越治越严重，到最后无药可治，人也下不了床，思想日渐悲观，哪都不想去了，什么也不感兴趣了，任由后人摆弄。直至第二年清明节的时候，他老人家与世长辞。他曾砍下的柴依旧整整齐齐地堆在屋檐下面，大部分用作了为他办丧事的柴火。

　　病是分贵贱之别的。我家里原来养了一只狗，有天，我突然发现它的下身肿得像个气球，够吓人的。但我们附近没有一种治狗的医院，就只能听之任之，后来我也忘记了狗生病的事。不知什么时候，我忽然发现这狗的下身的肿奇迹般地消了，病也痊愈了。试想，要是换成了人，不又是一番治疗折腾，弄不好还治得死去活来的。

　　我有一个大嫂子，儿女都大学毕业参加工作了，家里生活宽裕，两口子心想要乐度后半生，夫妻双双跑到医院做了一个全身检查，大嫂却查出脑子里长了一个瘤。为了身体不留什么病，那年趁国庆节儿女放假，决定把那瘤割除。本来这瘤长在脑子里已经几十年了，成了身体的一部分，于人没有任何反应。她在长沙肿瘤医院做了一个切割的手术，手术做完，人却成了植物人。经院方一年多的抢救治疗才慢慢恢复了神志。如今出院了，人除了吃饭正常，其他一切都不正常了，站着得有人在身边帮扶，说话总是含糊不清，基本上算是不能自理了。这是一个好好的人啊，是自个儿走着进医院，却抬着出医院。大嫂从此终身只怕很难再走出家门了。这可是我现实生活中身边亲人的例子，多么深刻的生命教训。人不要过于惧怕疾病，如果病于身体无大碍，千万不要乱动身体里的每一个零件，万一动了，搞不好就再也找不回原装的配件。

其实我这尿结石病，是一种最轻最轻的病。有的不信邪的人吃点中药、多喝点水、多运动，结石就自然拉出来了。你看，早二十多年前，哪有"结石"这个名字，更勿论什么碎石机、碎石医院了。人们昼夜劳作，什么"石"也在运动中悄悄溜出了身体。而我却把它敬得像"神"一样，弄得轰轰烈烈的，加上亲友探望，养病的气氛人为地造了起来。弄得人不人、鬼不鬼，好长一段日子萎靡不振。

由此看来，养病、养病这话还真叫错了。病怎么能养呢？甚至病会越养越厉害！

范阳，范阳

我自从启蒙识字开始，第一个学会的字就是我名字中的头一个字——"卢"。

这"卢"字，从用铅笔开始写起，后用钢笔写过，用毛笔写过。几十年来，凡需签名签字、与人介绍，我无不要与卢字打交道。

年轻时，我也曾无数次地练习过，心里好想把它写成一个漂亮的卢。但无论我怎么去绞尽脑汁，卢字的那一撇天生在左，是特别的别扭，与前面的笔画总是连不到一块，又与后面的名字隔山隔水，不沾边搭界。

我算是写了半辈子的"卢"，一直没有写出过自己满意的效果。年少时还曾幼稚地怪到祖宗的头上了，怎么要取一个这样的字呢？你看人家明星的姓取得是多么的好，姓名连成一笔，一气呵成、有如龙蛇走笔。

有一次，我见到了一位卢姓的知名人士的签名。眼睛一亮，这人居然把卢字和他后面的名字连成一笔了，真乃龙飞凤舞也！我马上开始模仿，练了几十次，但终究不如人意。后来过了一段时日，没了啥兴趣，我自然忘了这个人的写法。我又恢复了自己之前习惯性的书写模样。心里偶尔想起此事，常常自宽自解：莫去怪坟怪屋，只怪自己的能力不如。嗨，卢呀么卢，纠结一生，对自己真有恨铁不成钢的想法。

除了卢字难写，还有另外的三个字便是难解了——范阳堂。这三个字也曾几度让我百思不得其解。小时候从学写卢字开始，渐渐大了，认得的字多了几个。小孩的好奇心驱动，我喜欢在墙壁上到处去画画写写认认。我们村里大部分人家都是姓卢，每家每户的堂屋正前方高高地都挂着一个"家神榜"，牌位正中写着"天地君亲师位"，旁边写着"范阳堂上先祖"。每到过大年的时候，香、烛、茶、酒、果品摆满"家神榜"的前方，烟雾袅袅，显得是特别的神圣、庄严。

越是神秘，孩提的我越发有一种想去探究的欲望。正中的几个字还可以半猜半解，但旁边的范阳堂，就一直于我是一个谜了。这代表了什么呢？后来，我翻过字典，找个一些有限的书籍，也在生活中询问过村里的长辈，仅粗略了解到范阳堂与我第一次学会写的那个卢字，字出一处、密不可分。但我仍对它若即若离、云里雾里、缥缥缈缈找不出详情的答案。这问题从少年至中年，一直缠绕于心几十载了，成了我的敏感词，也是我向往、渴望、想象的地方。几十年来我怀揣着这三个字，一直在关注、探索，甚至熟悉到像我老家的地名一般，深深烙进脑海里。

范阳堂，古称范阳郡，今河北定兴县一带。秦朝初设范阳县，因范水而得名。自世祖秦朝五经博士卢敖的一支子孙迁居涿水范阳，以范阳为郡望。卢姓在范阳繁衍生息，人才辈出，名望日盛。天下卢人附之，都自称为范阳卢氏。范阳郡先后诞生了很多卢姓的历史名人，包括卢绾、卢植、卢照邻、卢纶、慧能祖师等，尤其是始祖卢植以儒学显名于东汉，肇其基业，至北魏卢玄"首应旌命"，开启了北魏一等大姓，成就了华夏名门望族。

每次看到这段历史，我就肃然起敬，百读而不厌。似乎有一条血脉的河流，从历史的长河奔腾而来，在我的胸口卷起千层浪花，拍疼了胸骨亘古的堤岸，经久不息！这就是传承的力量，这就是先祖为何要给后人固定一个姓氏的缘故吧。它就像唐僧给孙悟空的紧箍咒，随你多大的本事，若不听师傅的话，就会受到惩罚；若信奉师傅，一个筋斗相隔十万八千里，也会和唐僧心心相印。

姓氏，广而言之，无论千秋万代，无论你漂洋过海，什么都可以更改，什么都可以被时光湮灭，但中国人"坐不改姓，行不更名"的思想根深蒂固。古代的启蒙教育还把百家姓列入了必读教材。小而言之，人生一世，几十载光阴一掠而过。风风光光也罢，平平淡淡也罢，皆如浮光掠影。但父母给了自己一条生命，给了自己一个名字，到老还没有弄清自己姓什名谁的出处，还搞不清"我从何处来？"，这岂不是枉为子孙，活得糊涂、悲哀吗？

虽然"卢"字，我一辈子也没有写成漂亮，但我努力了。或者可以这样去理解，一笔一画是先祖用血汗写成的，几千年来延续至我已实属不易，后人得认认真真去书写而不可潦草啊。也只有这样才会饮水思源，不忘祖德。随着年岁已过不惑，我更加想去了解自己的姓氏的来龙去脉，想去诠释自己用了一辈子的卢字。自从有了网络，慢慢接触到越来越多卢姓宗亲。凡是带卢字的人加我，我一概不拒，愿与他们交往。他们也渐渐把我带进了很多的卢氏族群，渐渐很多的宗亲也熟悉了我。蒙宗亲们的抬爱，让我不知不觉中加入了"中华卢氏委员会"，认识了全国许多卢氏精英，还有幸应邀参加今年全国卢氏第四次理事会议，将见到五湖四海的宗亲。这会是全国650万卢家人的盛会；这会虽然开在福建龙岩，但全国各地的宗亲代表都来了，也可以说是开在我魂牵梦绕了几十载的"范阳堂"。

我想，团结族人，这应是卢氏始祖的心愿；我想，哪天在九泉之下见着父母、见着先祖了，他们一定笑着夸我。为人子孙，当弘扬祖德，光耀门庭。我可以自豪地对他们说，我于某年某月某日，代表了他们见到了祖先传承下来的650万卢家人的代表，我践行了"天下卢氏一家亲"的理念。

城，只剩下一块站牌属于我

　　故地重游，归来的脚步，永远也赶不上一片森林的风长。是这城遗忘了我，还是我的心疏远了城，不觉之间彼此已隔了山重水复。

　　城里所有目不暇接的东西，看似比我住的镇上要光鲜得多——车要豪些、楼要高些、马路要干净得许多，人也亮丽多了，连街上的行人穿着打扮都跟过新年似的，是一色的新衣服，五花八门。个个行色匆匆，从这路车坐到那路车，或是从这个地铁坐到那个地铁，各种各样的气味从这个人的嘴里呼出，又吐进了那个人的口里。这好比鱼缸里的金鱼吧，都在不停地游啊游，不停地吃水、吐水……从水底游到东，游到西，游到水面。但就是那么一个鱼缸。于一只金鱼而言，不知花了几世修成了金色，才待在它心中向往的花花世界。所有碰着的眼神是陌生的、麻木的，就算是笑也僵硬得如一片树叶，一晃而过。

　　我走不到了那条曾经住过一年多的熟悉的小巷。曾经最高不过两层的房子都不见了。一栋栋的楼房矗立着冰冷的伟岸，一排排的窗口投来陌生的眼光。整片水泥森林，挡住了我这个也算是"归来人"寻找的目光。那竖着站牌的地方，应是我当初跨入这个城市、踏下第一脚的位置吧，彷徨、彷徨……在这似曾熟悉又陌生的站牌前，我多想找到心中惦记的那个我曾住过的大体位置。站牌上那一串串的地名是如此的熟悉，像一个个的标点符号，标在了这城市的每一个停靠的点上。人生的旅程，如一生写过的无数长长短短的句子，已归流水无凭了，仅存记忆里的就只有这些地名了。而这些地名又如水中的礁石，突兀于远远的水之央，那些远逝的沧桑岁月，就是礁石上凹凸里的青苔和几粒零碎的沙子。我想，眼前的这个站牌，不管是否是我曾经无数次上下过的地方，总之有熟悉的字眼，我还是安稳地坐一坐吧。这样，我才接上了地气，才可以慢慢把记忆打开，陆陆续续想起曾经到过这城的许多的地方、见过的许多人……但终究又有多少走丢了的友情能够拾掇？许多曾经朋友的名字，只怕永远丢失在岁月浩瀚的波澜里了。

　　记得那时我很年轻，胸中是踌躇的壮志和满腔的热情。我初来乍到此地，马路对面是一排排的厂房，我的脚下是一个露天的菜市场，周围是高低错落的租房。我就在这里站住了脚。我跟着匆忙的人，过着匆忙的生活。那时我孤身一人，一人的城，一人的世界。但不久就在这城里找到了安定的租房，添置了锅、碗、铺盖，不久又增加了划拳喝酒的朋友。再后来呢，有了等待、思念、渴望……一个地方有了朋友，异乡就是故乡，就会淡忘许多的乡愁、许多生活里的酸甜苦辣。没有朋友，就跟菜里没有放盐。那些不离左右的哥们，凡去外面吃馆子，或生活中产生矛盾总爱来找我。记得有一次，两个哥们吵架，一个福建的男孩因力气大（初相识时，我就看出他有点痞里痞气），他把一个湖北的男孩包在被子里面往死里地打，谁也不敢去劝他，直到把我叫来才止住了这场冲突，这两个人自始至终对我却是唯命是从的。我和这些哥们度过了三百多个日夜，工作上互助，生活上互爱，虽然如今很多已说不上了名字了，但他们大概的省份我还是记得：有江西、福建、河南、四川、广东、湖北、湖南的等等。还有一次，老板不涨工资，大伙推举我出头找领导，都跟着我去罢工，跟着我离厂找厂、找厂又离厂，那时城里的大厂小厂多如牛毛，又大部分制度不健全，尽显资本的本性。天下乌鸦一般黑，到最后我这个大哥也当不下去了，各自分道扬镳。分手的时候，大伙又为我摆酒、送行、送纪念品之类。所谓的纪念品就是笔呀、本子或小玩具等，都是年纪轻轻的哥们，没有做事，哪来的钱哟？嗨，我欠了他们太多的人情……想着想着，如果这儿就是曾经的那条狭窄的马路，那么这儿该有我多少的汗水、多少青春的足迹掩埋在这加宽的水泥路面的下面呢？城，像是一条港湾，汇总了从不同方向漂来的浮藻杂物。有打工的，有当老板的，有做大小生意的，有男有女，有夫妻，有热恋的、有单身的……每一个浮藻杂物总在不停地组合、聚拢。友谊随杂物而来，爱情在浮藻下汹涌。"关关雎鸠，在河之洲。窈窕淑女，君子好逑"，记不起是从哪一次的回眸，一个女孩闯入了我孤单的生活。我的季节因她而变成了雨水丰沛的春天，那干涸的土壤，在异乡适时得到了时雨的滋润。青春年少的爱情总是雨多晴少，怀疑、猜忌、美好、吵闹……一诺就是一生一世，一别却是千秋万代。当年我说的"天荒地老""海枯石烂"都成了跌落于世的无名诗，我已无法找到那隔世的注解，就当我吃饭、放屁吧，天还在，地还在，如今想起，我连其名字都记不起来了，我这嘴巴也真是个变形金刚。

城只不过是一个建筑工地而已。是用铁皮围了起来的工地，里面都是建设城的工人。楼宇总有竣工的一天，围墙总有拆卸的一天，人总会有散去的一天。散了，所有的友情、爱情就面临一场重新地抉择。友情、爱情都是前世的所遇，或是兄弟姊妹，或是孽缘未了吧。有的人从陌生变成了恋人、夫妻；有的从恋人、夫妻变成了陌生人。有的告别是轰轰烈烈；有的别去，连个挥手都很吝惜。

我把视线又停在了曾经的那片租房——一条热闹的深港，曾一度是多么的繁华。所有上班下班的人流都会来到这儿，像交通车一样总要靠一靠小站。所有的衣食住行，都从这里大包小包地拎走，然后分散在巷头巷尾。租屋，是屋里有屋，一户人家的房子，大约要租住七八户打工的人。如今这些都消失得无影无踪了，繁华，于当年的房主将永远只是一个传说。一栋栋的新楼盘却拔地而起，越长越高，抬头望去，高得令人不寒而栗。城变成了现世的陈世美！总在不停地否定自己的过去，总想抹杀心中的故恋旧情，直至抹得荡然无存，直至改头换面。士别三日，当刮目相看，谁都不认识了，才是城心中的目标吧。不远处的地方有一道的铁皮围墙围着，不知又要造个什么，挖掘机在不停地挖。十年前在挖，十年后还是挖。再过十年，我若再来，是否还是那个挖机？还是那块地方？我想，就算我此刻把这里全部重新拍了下来，过一段时日再来，城于我将依旧是陌生的。

　　城，只剩下一块站牌属于我，让我知道这还是我曾生活过的地方。

我从没吃饱过

我常常摸摸自己的肚，又凸了一点。十月怀胎也有个盼期，这个凸肚春花秋月何时了？

三十岁之前，肚脐是藏于山水之间的。土地虽贫瘠，但也一马平川，肋骨屈指可数。如今，海洋板块上升，陆地下沉，不知不觉中肚上造"岛"，出现了一块新大陆。我常常回思：一生尚未富贵，我还没吃过冤枉食，为何就未富先肿了呢？前半生，我往肚子里倒了那么多乱七八糟的东西，尽是一些无油水、无营养的，怎么也有凸肚的可能？按理说，大肚不应属于我吧。上溯三代，都是干瘪瘪的肚。就像我那偏僻的家乡，不可能会建一二三四线的城市，甚至连建一个镇都没有可能，因为它几百年前是种田的，几百年后仍只适宜种田。嗨，三十年河东，三十年河西。拿我的祖宗三代来说，上溯三代一贫如洗，再上溯三代又富贵逼人，这风水轮流转。

柴米油盐四个字，于曾经的生活，十分贴切。大多数人家过日子，就为了这四字操劳一生。昨天我发了一篇作品，里面提到了我爷爷吃棉油炒青菜的事。一文友心有戚戚焉，说吃棉油炒菜有同感，在朋友圈里就和我互动了一番，当时也唤起了我的回忆，我又想到了小时候贫苦的往事。

吃棉油炒的菜，这个事于我印象特别深刻。大约三四岁的样子，我家里人多，菜里没什么油，而爷爷奶奶有几个儿子供养，可能生活水平要好过一些，菜里的棉油星子也多了许多。棉油炒出的菜是黑黑的，那种颜色在我幼小的心灵里应是最美的颜色。爷爷奶奶和我家共一间堂屋，每次等到他们吃饭的时候，我就故意把他家的门摇得"吱呀"作响，直等到爷爷盛一点饭，倒一些菜汤给我才走人。

那个七八十年代，日子确实苦着哩。别提吃什么，只要能吃饱就了不起了。野外的食物凡是经人们实践吃过的，我都基本上也吃过，什么苦荞菜、野荞麦煎饼、红薯叶、葛根粉……很多名字记不起来了。连茶叶树结的籽再炸出油来，苦苦涩涩的、麻麻结结的，父母也当油炒过菜吃。

说到用什么油炒菜，就更别提。母亲每次炒菜，拿一砣大约跟一粒麻将子大小的板猪油在锅里油上几圈，就可炒一顿菜了。那熬干的油渣，是抢手货。这边还热气腾腾烫手，灶旁边已经站了几个孩子，都瞪着饥馋的眼睛，一刻不分神在盯着。当然，一般是以我和小哥为主，分了个大头。小时候有一句我们彼此笑对方的气话，"哭巴脸，油菜花，青油炒菜要油渣。"就是描述那个争油渣的情景。

还有一句老人们的口头禅："硬是冒油炒菜，就用竹省把（把一小截竹子劈成无数细篾片，相当于现在的清洗球功能）把锅重新刷一圈来炒一顿吧。"这事，我虽没亲眼见过，但估计也应有之。因为一日三餐都得吃呀。那时一般的家庭都是子女一大串，小孩子可不管你做父母的有何难言之隐，个个肚子咚咚作响，是要东西来填的，家里没油下锅，怎么办？就只好把之前炒过菜的锅，再用些许水刷一遍，多少也能刷出一层油星子来，只要炒起菜来不粘锅就行了。如今的人谈起吃来，尽讲什么飞禽走兽的口味，关于油已经忽略不计了。也正因人们的忽略，就有了不法商人用地沟油冒充什么牌子的茶油行骗。要是没人揭穿，餐桌上也照样吃得口水四溅的。而我们小时候，人都没得吃，哪还有油流到地沟里去？连拉出来的屎都没现在的臭。记得我妈妈有时无菜下锅，就在白开水里放点辣椒粉，再加盐，有些许油星子在漂荡，就是一顿菜了。

回忆童年、少年，可以用一句"我从没吃饱过"来形容，这应一点也不为过。也许我是农民的子弟吧，政府机关里的工作人员家庭生活相比是要好许多。举个例子，记得我童年有个年龄相仿的伙伴，他父亲在某公社当书记，虽然他母亲仍带着他们兄弟姐姐一家子人在生产队上出工，但因有个当官的父亲，他们的生活就比我们要优越到哪里去了。

趋炎附势，不仅是大人的专利，连小孩也精通其要。这应是人的本性吧。因他家的生活相比较好，他自然便成了我们的孩子王，专指挥着我们。比如散学时，我们常帮他做些提书包、拿衣服之类的事，这正所谓经济基础决定上层建筑。我非常羡慕他有一顶小军帽，有时趁他发热，帮他拿衣帽时，就悄悄地拿着戴一会。

这些都是童年的往事。再往前推，我也没得了多少记忆。但有一点，我在家排行最小，等我出世，母亲的乳房已经干涸无奶，所以我从没吃过母亲的奶。至于父母是怎么把我养活成人，就不得而知了。但我是家里唯一爱书的人。小时候看牛，是我的专业。我边看牛，边背诵成语词典。不知从哪儿听到过朱元璋看牛，双脚摊开，双手枕头，呈一个"天"字，又一个侧身，便是一个"子"字。有一过路的先生见到，看出了他是未来的"天子"之命。我有时躺在草地上也模仿朱元璋，幻想有朝一日，来个这样的人把我带出贫穷的小村庄。这应算是我幼小心灵里第一个梦想吧——皇帝梦。

那时虽然贫穷，但人心已开始追求致富了。当时有一个流行的政策——评万元户。我大伯家人少，又养鱼、又蒸酒，被公社当万元户的典型评上了。其实他那万元户是把家里所有的东西都算上了，据说连栏里一只生崽的母猪也折算成了人民币。人一有了名利，就会有人来捧场。他五十岁做大寿，又值做了新屋，村里族人几十户每家派一个代表，制了一个很大牌匾，上书"望重族邦"（反正文字不要钱，选高大上的用）。族人还搭戏台，一连唱了几天的戏。当时戏台两边要贴一副对联，父亲考我，要我来出，归他去写。我那时应大约十一岁的样子，因爱好钻研，就出了一幅"同走致富路，琴声鼓声声震草舍；共唱长春歌，笑语戏语语暖青松。"这副对联本早已忘记，直到那年这大伯去世，有族里宗长提起此事，才让我又记忆犹新。

到八十年代末，我已经上高中了。生活仍然是穷，穷到什么程度呢？当时学校是开集体伙食，十个人一桌，桌上一般一菜一汤。这菜又分成两个季度，什么季节，就什么菜唱主角——上半年吃半年的"茴粉丝"（红薯熬出的汁）、豆腐干、酸菜汤，下半年吃半年的冬、南二瓜，所以我至今闻到这几样东西都心有余悸。十个人一大盘子蒸饭，先去的人用筷子划成十份，往往最后到的人的那一份，就只剩下拳头大小了，这就是"早来吃笋，晚来变卦。"那时的同学们个个正是出山虎，肚子里都藏龙卧虎的。我是经常处于半饥半饱状态。

让我真正开了眼界，见识了什么叫外面世界？什么叫富贵？应是在岳阳的那段时光吧。我和湘阴一位朋友一见如故，就结拜成了兄弟。其实，说穿了，也属于我潜识里的一种攀附，再往实际一点讲，就是他的饭收买了我的肚子。他过继给他的叔父做儿子，他叔父家在火车站附近，据说是一个木材单位的采购。他每次在食堂里打的饭菜总是吃不完，就分一点给我，我呢？韩信点兵，多多益善。只是我当时也不明白：同样的年纪，他怎么就吃得要比我少？我怎么总是吃不饱？直到如今我每天有吃不想吃的时候，才弄明白了这个道理：他的肚子里经常有油油着，久而久之，肚子自然就小了，而我的肚子呢，从娘肚里出世，就没沾过多少油，一直空空如也，里面没什么油肠子，面积范围便宽了许多，海纳百川嘛，自然就大了。每周他便带上我去他叔父家打一回"牙祭"，吃一顿"饕餮大餐"。那可是我长到十七八岁，第一次吃过的几菜几汤，也是第一次见过冰箱这些现代化的玩意。他从冰箱里拿冰棒给我吃，那种新鲜的感觉真无法形容，是"叫花子做客，横竖的不自在。"他叔父只一小女，他婶婶待他又百依百顺，什么都由着他，我们就每周的星期天在那儿度过。

顺便再说一件与他有关的趣事。那时才改革开放，有一种扑克，背面尽是女孩照片，我俩晚上跑到火车站广场去叫卖这种扑克。有一次被警察发现，把我们赶散了，因我对那附近不甚熟悉，那晚他找了我几个小时才找到我。转眼几十年过去了，往事如昨，而我竟和这兄弟断联了，现在连他的名字也记不起来，只记得他的老家在湘阴鹤龙湖。

人生数十载，就像一个肚子，有油是一顿，没油也是一顿饭。苦也装，甜也装，酸也装，辣也装，几十年下来，还好好地活着没有死去，就说明吃过什么并不重要，所有的酸甜苦辣不在话下。

遥知"池"上一樽酒

"遥知湖上一樽酒，能忆天涯万里人。"此句出自宋代欧阳修的《春日西湖寄谢法曹歌》。欧阳公游西湖时，回忆起曾与老朋友在湖中设席对饮。他触景伤怀，感叹春光易老，韶华渐失，因怀旧而徒添伤悲。我今日忽然想到此句，并非如欧阳公一般在怀旧友而感慨岁月。我是因"古滇梁王酒"想到了滇池，想到了古滇王国那风吹云散的历史……故此，将"湖"字改作"池"字，以应所述的地方。

再过二十天，也就是八月十号，我将以主角的身份参加"携手《滇韵》，相约古滇，庆祝《南国文学》周年庆典活动"，将在古滇王国那红土地上真正喝上久负盛名的古滇梁王酒了。喝酒，是一件很寻常的事，在家随时可以喝到。但在古滇国的土地上庆祝由我发起创立的《南国文学》，再喝上一杯古滇梁王酒，那意义就非同寻常了。用一个"喝"字还真不够恰当，应当是"品"酒吧。我一个楚人去品古滇文化，去品一段与楚人有关的悠远的历史。让我再想象一下，活动的地点是晋宁城，那正是古滇国都。我脚下踩着的是古滇国的青铜器，手中端着的是古滇王酒。酒过三巡，我听到脚下有青铜器的碰撞声传来，带我穿越……我从楚地而来，穿过历史的长廊！

《史记》有载："蹻至滇池，地方三百里，旁平地，肥饶数千里。""郡土大平敞，有原田，多长松，皋有鹦鹉、孔雀、盐池田渔之饶，金银蓄产之富"。看！这是一个多么富饶、美丽的地方呀。我还没有去，就已心向往之。怪不得于两千多年前，她就被楚国人看上了。当时楚国所处的时代背景：楚国刚刚在垂沙一战败于齐国，土地被分割。其后，楚怀王赴秦国会盟被拘，客死他乡（这些史实从屈原的诗中也可以读到一二）。楚顷襄王为重振雄风，于公元前227年，派楚将庄蹻率领一支数千人的部队，按我途经的高铁路线，一路打到了云南。当时昆明一带主要以劳浸、靡莫两个部落为主。但因偏安一隅，属化外之地，其政治、文化、军事可能还没与内地接轨吧，是相对的薄弱。庄蹻才几千人就轻易拿下了滇地。

一本中国史，就是一本弱肉强食的丛林史。强中更有强中手，春秋晚期的战国七雄属秦国最强。不久，秦军攻下了四川、贵州，已剑指楚国了。这样一来，等于截断了庄蹻回楚的退路。他便"变服，从其俗"自封为王，这就是史书上称的"滇王"。滇王传了几世，我尚未去查证。但这个时期于滇王国而言，应算是最好的发展时期了。由之前各部落分而治之，到滇王集中统治管理，加上引进了先进的汉文化，把十几个民族的文化整合融化了，创造出了一段辉煌的古滇文化。那段历史时期，正是春秋七国杀来杀去，你吞我，我吞你的时期，到最后由秦始皇一统七国才终止战伐。而滇王国偏安一隅，属小国可能不入七雄的法眼，够不上比赛的资格吧。滇王抓住这个战略黄金期，厉兵秣马，人民富裕，六畜兴旺，五谷丰登，滇梁王酒也应运而生了。后来到了汉朝，还流传了一个成为笑料的故事，就是今天的成语——"夜郎自大"。这夜郎，也是昆明附近的一个更小的国。当汉朝派使臣前往劝降这些小国臣服时，小滇王和夜郎国王都幼稚地问了使臣一个同样的问题：你汉朝有多大？有我的国家大吗？他们偏安一隅，悠哉悠哉过惯了小圈子的生活，连汉朝有多大都不知道。别人的刀枪已架到了脖子上，他还不知道死活哩。但也从另一方面说明，当时的滇国、夜郎国的小日子过得确实富足殷裕。因久享安逸、不问天下大事而作井底之蛙，真是"不知有汉，何论秦晋。"中国的历史，就是一部推着杀戮的车轮一路辗来的史册。城头变幻大王旗，转眼一百年，就到了汉朝。公元前109年（元封二年）汉武帝兵发巴蜀，以数万人击溃劳浸、靡莫，兵临滇池。滇王知道以己之力无法抗衡天子之兵，便换旗降汉，"请置吏入朝"。汉武帝便把如今的昆明设置为益州郡，并赐给"滇王"金印。这"滇王金印"于近代在晋宁文物发掘中出土了，也足以证明此段历史属实。

讲到这里，让人几多唏嘘。假如汉武帝像战国末期的诸国一样，也不想去打这滇国的小主意，那昆明这地方经几代滇王的治理将是怎样一番繁荣景象？但历史就是历史，中国人好面子，哪个帝王能容得脚下还有一寸法外之地呢？——普天之下，莫非王土！

话又跳到公元1368年，又一段与滇王酒类似的传说历史来了——元末。元是蒙古族在中国建立的政权。其历史不长，传五世而终，历九十八年。由于成吉思汗是从遥远的草原上杀进内地，并且多以血腥征服，加上其执政时间较短，关于元朝的历史，后人多为回避，记述甚少。

话说朱元璋统一了中国，又只剩下一个云南了。当他空闲下来，便把目光投射到了这块红土地上，这儿的人民又要遭殃了。朱元璋经五次劝降梁王无果，便也学起了汉武帝兴天子之师而来。当时的云南封疆亲王是把匝剌瓦尔密，乃忽必烈子孙，称作梁王。据说他爱民如子，把云南治理得欣欣向荣。当闻朱元璋义子沐英率骑兵由呈贡追至晋宁境内了，梁王急携宫女眷属一路逃到了滇池一地——忽纳岩。到了这里，已无路可逃，便下令焚烧朝服，命女眷先服毒，后人人跳入滇池；行省左丞达率领随行男兵，先痛饮宫廷自制梁王御酒后也跳崖了；梁王则最后踱进一间茅草房内关上门，在脖子上系好绳索，朝元昭宗所在地的方向叩首三拜，之后喝完御制梁王酒自缢了。

　　这是多么悲怆的历史。遥想数十年前的成吉思汗是何等风光！他们只有杀别人的分，四顾寰宇，有谁敢动铁木真的子孙？！短短几十年，却仓皇北顾，被追杀得无安身之所，真让人感慨三十年河东，三十年河西。古滇梁王酒，我尚未曾去饮，先已品出了其酒，甜中之苦、苦中之甜了，心与这土地已息息共脉，我独悲的是庶民百姓！正如张养浩的词《山坡羊·潼关怀古》里说，"兴，百姓苦；亡，百姓苦"啊。

　　一滴酒，一滴血。滇池的波光里留下了多少的刀光剑影，又盛下了多少血泪辛酸！点点滴滴，方酿成今日之古滇梁王酒！

我烧死了窗台上的蚂蚁

我站在窗台旁边抽着烟，久久茫然地凝望着远方。一阵风吹来，眼睛似有些疲惫，于是我收回了目光。低头向窗台瞧去，窗台上有一小群蚂蚁在爬行。一只只，匆匆忙忙个不停。我无意识地用燃着的烟头靠了靠它们，靠一下死一片。活的还在照样忙碌，死了的不去细瞧已分不清了首尾，就像一粒粒的灰尘，一阵风起，吹走了。

活着的是生命，死了的就是尘埃。生死原来却是如此的简单，就在那弹指之间，就在我的一念之间。我顿然觉得自己是一个穷凶极恶的杀手了。手起刀落，在两三分钟的时间里，杀死了一大片。我为什么要杀死它们？我举起烟头之时，怎么就没有想到这是一个个活生生的生命？如果我杀生只是为了果腹，那还情有可原，毕竟身在丛林，弱肉强食罢。但它们就在我的窗台上爬行而已，它们既成不了我的食物，也没有构成我对窗台拥有主权的威胁。是因其渺小吗？小到我藐视了它们的存在，小到我视它们如尘埃吧。这让我想起了明成祖朱棣。朱棣在位期间采取"瓜蔓抄、杀十族"的血腥政策。他一夜之间就狂杀宫女三千，却无半点心慈手软。君临天下，唯我独尊。他高高地坐在朝堂之上发号施令，金口一开，朱笔一勾，视所有被杀的人，如同我视眼前的蚂蚁一般。宰杀别人，还无须他自己动手，无须与死者对视，他又怎么能看得到那种"鸟之将死，其鸣也哀"？他只是想着犯法者该杀，却没去设身处地地去考虑滥杀者，也同样会天理难容！不是吗，后宫三千，到头来却无一男半女。

其实从我火烧蚂蚁一事，也看出了人性的自私与残忍。蚂蚁只在窗台上爬行，我潜意识里总担心长此以往，它们会穿廊入室，不如趁早斩草除根。我好比是曹操吧，曹操落难之时，寄住恩人家里。恩人半夜磨刀霍霍要宰杀牲口招待他，他以为是要杀他，一念之下把恩人杀了而去，逃到半路觉得还不稳妥，又折身回来，把恩人一家全杀了，以绝后患。可见人性的自私、残忍到了何等程度！人往往总是朝着保护自己的角度，去思考问题，有时以小人之心度君子之腹。死了的枉死，没留下踪迹。杀人的，却成了千古英雄。古代的法律，很多名为国法，实为一人一阶层服务——有人犯了大法，株连九族，还有的连朋友、同窗都要受到牵连，正所谓诛十族。为什么要杀这么多的人？皇帝就是怕被杀者的子孙、亲戚、朋友有朝卷土重来报杀亲之仇。人心险恶，这泯灭天良的事也只有人想得出来吧，还堂而皇之，称作国之重典，还要三呼"皇上圣明""吾皇万岁"！我统治了这个房子，凡谁未经我允许进入，我就有权消灭它们吧。此时我于蚂蚁，又何其不是高高在上，唯我独尊？假如它们能用眼睛让心灵与我对视，它们能把死的畏惧和可怜向我传达，不知我还下得了这狠手吗？我还敢用上这"烧刑"伺候吗？

我忽然想起了前段日子。我骑着一辆摩托车飞奔在老家工业园后面的一条笔直的柏油路上。绿化带旁边有一只鸟儿正埋头啄食。当我发现它的时候，车已经靠近，但因车速过快，我已无法回避了。我知道这鸟定死无疑。待我再回头望去，那鸟仍然站立在那一动不动。它壮壮的，约有半斤左右。我心里的第一个念头——因它的重量想到了那山珍野味。于是我调转车头向鸟儿回身驰去。那鸟站立着，两只眼睛骨碌碌地望着我。我的心，霎时有怜悯之心陡添。一种愧疚之感袭来，竟然不敢用手去触碰它了。我用脚轻轻地拨动了几下，直至它一跳一跳地躲进了草丛，我才快快离去。这时的我，若捉它易如反掌。在如今这个什么都是饲养食物的年代，那可是真正的山珍野味，弄回去还可以美美地饱餐一顿。但我良心发现了，放弃了之前的念头。"人之初，性本善。"我发现自己的人性深处，是有善根存在的，而不是无可救药。鸟凭一对可怜的眼睛，就感化了我。此时，若蚂蚁也用一对同样眼光看着我，那该有多好，这样就会减少我的一次造孽。鸟那可怜的眼光，可能就是武侠剧里常说的练武者的最高境界——仁者无敌吧。

"亲戚或余悲，他人亦已歌。"烧死的蚂蚁成了灰尘，旁边活着的依然忙碌。人类生活中的蚂蚁思想随处可见。我好几次见到马路上的车祸事故。事故人倒在地上，死者的亲属拍着尸体号啕大哭，围观的人五味杂陈，似乎有几许悲伤，又有几许看热闹的心事。经过的大车、小车、自行车、摩托车的司机总要放下玻璃瞧上几眼，然后和旁边的人议论一番。这时的车慢慢地绕道而行，有条不紊，这良好的交通秩序有时会维持一天半日。我常常想，每天马路上的车辆行人都这样按章行驶，哪来这么多的事故呢？可就才过一天，此处依旧是来也匆匆，去也匆匆。飞奔的车轮，忙碌的人们，一个个都似赴京赶考那般急迫。不久同样的事故，同样在此重演。人算是一种最能自我疗伤的动物吧，好了伤疤忘了痛。

蚂蚁们忙忙碌碌，我搞不清它们到底是在忙些什么，连自己的生死都不知，由别人掌握。它们仍这样忙，我甚至觉得它们的行为可笑至极。而我们的人又在忙些什么呢？是不是别的动物或更高智慧的人看见我们人类的忙碌，也会觉得可笑至极？

茗通天下

一叶知秋，是指从一片树叶的凋敝，知道秋天到了。我想把这句话偷换一下概念，"一叶知中华"也。我所指的一"叶"，是茶叶。

茶字源于"槚"字，即苦茶的意思。"茶之为饮，发乎神农氏，闻于鲁周公。"神农尝百草，发现了茶是一种解毒疗疾的灵丹妙药。后来到了西周，茶已登峰造极，成了皇宫帝王的贡品了。西周王还封了专管茶的官职，把茶上升成了祭祀礼仪中的祭品。由此足见，茶文化源远流长，从西周算来，迄今三千多年了。自此，在中华礼仪中，婚丧嫁娶都离不开了茶。结婚娶妻下聘礼时，就有三茶六礼之说；人死祭奠行大礼的时候，也有献"香茗"的程序，后来甚至庄严到"无茶不在丧"。长沙马王堆西汉古墓发掘中就有茶叶陪葬，可见两千一百多年前的人们就已经将茶叶作为荣华富贵的象征了。

把茶从日常生活上升到高层文化，可能就只有我们中华民族了吧。上至王公贵族，下至庶民百姓都离不开茶。普通人甚至还用一杯茶来衡量一个人的品质。在我的老家还有这样一种不成文的鉴别一个女人是否属贤淑的标准：邻居互相串门，谁家的女人连茶都不懂得去泡一杯端给客人，这个女人就是出了名的不贤惠了。茶，真是人情往来的晴雨表。我说说我妈爱茶吧。我成长的时候，应是中国普遍贫困的时候。什么都吃，什么都没得吃。所以如今要我回忆我是吃什么长大的，我还真说不出个子丑寅卯来。但提到茶，我可印象深刻着哩，可以追溯到我懵懂记事开始。我的印象中，家里穷得缺上顿、少下顿，但有一样东西从未缺过——茶壶里红通通的茶水是不缺的。那都是母亲年头至年尾精打细算准备好的。母亲泡茶主要有两种材料——干茶叶和干茶籽粉。家里来客了，当然是用她视为生命的茶叶泡茶，不论是常来的客，还是稀罕的客，一进门坐下，母亲第一件事就是泡茶，尽管年代物质匮乏，母亲总要想办法在茶里撒上几粒炒熟的芝麻或豆子。而茶籽粉是母亲平时用来煮茶的原料。搞完饭菜，柴火还旺着没有烧尽，母亲就会添一壶水挂在火钩上继续烧茶。等到水壶里的水开了，她就抓一捧茶籽粉放入壶中煮一段时间，然后等到水凉了，倒入茶缸里就是当天一家人所喝的茶了。茶水颜色通红通红的，喝起来沁凉沁凉。

茶叶属于种茶人的主产，一般不能随便让人采摘，得用钱去买来才行，但这茶籽却属于衍生产品，是不要钱可以摘到的（大约在采茶季节快结束了，茶树开始结籽）所以母亲往往赶着季节，把鲜嫩的茶籽采摘回来，然后用水煮熟，再晒干碾碎成粉末，就是泡茶的原料。进门泡一杯茶，是农户人家不成文的规矩。农村人闲时爱互相走动，叫作串门子。坐下聊天，以茶相待，这是一件看起来微不足道的事，但又是不可或缺的起码礼节。其实在农村像我母亲这样普通的妇女，都有泡茶的习惯。并且，泡茶又是一地一俗，家乡汨罗那一个方向的人，爱泡"姜盐芝麻豆子茶"，而我家与汨罗几里之遥，却又只泡芝麻豆子茶，茶里少了两样东西——姜和盐，再往平江上去一点，什么也不放了，就一杯清水茶。

说起茶，还是一杯兴奋剂。农村人干了半天的活饥肠辘辘，休息时喝上一杯芝麻豆子茶，真是雪中送炭，就像因缺油跑不动了的摩托车又有了干劲。

端茶、接茶也是有讲究的。来了稀罕的贵客，一般是用茶盘端茶。茶盘，有方、有圆两种。客人接茶时，不宜用手指抠着茶杯口去接，而是要双手抱着茶杯来接。如果你夸张性地伸开五个手指抠着杯口去接人家泡来的茶，人家心里一定在骂你"冒学见识的"，这抠，就相当于抠住了人家的脖子。有的爱讲究的人还会把食指作以跪状，去接主人递过来的茶，这就像行单跪礼了。家乡有关茶的礼仪，非三言两语可以道清。十里有三音，一地一俗，还有很多的礼节，我就不一一赘述了。连我的母亲，一个底层农家妇女都是如此注重一杯茶。她到临死前什么也没有准备，但茶叶却准备了好几包，担心我们为她死后办丧酒的时候，因缺茶少水失了打点而得罪客人。母亲去世三年后，我清理她原来存放物品的一个柜子，又从柜顶找到了一包茶叶，可有好几斤重。但因年久保管不当，生了一些虫子。我睹物思人，真舍不得扔掉，这是她晚年一片一片从茶地上采回来再加工而成的，不能浪费啊，我一点一点慢慢都泡茶喝掉了。

之前，我没到过太远的地方，以为只有我的家乡如此重视泡茶。有一年，我到了内蒙古，坐在蒙古包里，喝着主人献上的一杯杯奶茶，喝了一杯又想喝第二杯，不记得一下子喝了多少杯，心里的感激之情，不可言表。真始料不及蒙古族人和我们内地人一样，待客的第一件事也是泡茶。后来我又到了拉萨，又喝到了酥油茶。在那世界屋脊，茶仍然是人与人之间交往、传递情谊的一个重要方式。茶叶产于内地，在那茫茫草原和雪域高原是不适宜栽种茶树的。然而蒙古族人、藏族人却爱茶不亚于内地。古时就有以羊、马换茶的说法。据说西藏的茶，还是文成公主远嫁时当嫁妆带过去的。茶，真把中华民族连成一家人了。自从文成公主嫁到了拉萨，松赞干布也爱上了茶，西藏人都爱上了茶。茶，日渐成了藏民不可或缺的饮品。由于各自的需求，内地盛产茶叶，西藏盛产马匹，茶马互换，鼎盛一时。后来西藏应运而生有了"茶市"，茶叶因销量巨大，形成了"川藏"等茶马古道，这条条的古道如古丝绸之路一样的繁华。茶叶经拉萨又流转到了不丹、尼泊尔，一路向西，把中华文化传播到了天涯海角。有需求就有买卖。一条川藏茶路，经一代一代的人攀爬行走，是用穿着草鞋的脚板丈出来的。自唐朝开始，一千三百多年来，这条路不知承载了多少先人的血汗？是一条联结汉藏民族团结纽带的路。山高路险，气候恶劣，就其中一处的大渡河，当年石达开的部队覆没于此，可窥其艰辛一斑。把茶叶从四川雅安运到世界屋脊西藏，真是"雄关漫道真如铁"！勤劳勇敢的中国人却神话般开出了茶马互市、茶土交易，让这边陲化外之地，于千多年来紧紧圈在了中华文化的体系里。

我每每端着手中的茶杯品茗，就不由喟叹我们民族文化的厚重。在华夏大地上城头变幻大王旗，几多民族朝代更替不断，但自始至终没有哪种外来的文化可以取代汉文化。而且各族反被同化了，归于中华一统。这不是刀枪武器所能做到的，这是民心所向，天下归仁。

一杯茶，是数千年华夏文化的浓缩，是祖国的万里河山，是一个民族的智慧、勇敢、勤劳的象征。

小豌豆花

　　三月，处处春意盎然。久居闹市，傍晚散步，我突然想去偏僻的野外，于是不觉间踱步到了一片农家菜园地附近。

　　一排竹篱笆围着无数小块小块的菜地，有的种上了菜，有的泥土才翻新，正等着趁季节栽种各种时菜。远看长长的竹篱笆像一个偌大的花环，篱笆的缝隙都挤满了开满小花的绿油油的豌豆藤。靠近，我被彻底震撼了。豌豆花张开两瓣稍大的彩色花瓣，环抱着里面许多小瓣，每一朵小豌豆花精致得美轮美奂，大瓣包着小瓣，层层叠叠，一层一片春色，像一只只七彩的蝴蝶栖息在油嫩翠绿的叶片间，一朵一朵，数不胜数，绵延不尽。朵朵的小花让我十分好奇，它似乎收尽了三春的颜色，是一件件巧夺天工的艺术品，豌豆藤全都围着一圈篱笆簇拥，构成了一种美丽的壮观，真是满园春色关不住。

　　美的东西真不敢孤芳自赏。我用手机拍了几张图片发送至朋友圈，引来了几十个点赞，特别是北方的文友，见这呼之欲出的春色，问长问短、评论不断。我伸手轻抚着一朵朵的豌豆花，如同抚摸着一段美好的时光。豌豆花和我隔了一道竹篱笆，虽然我可以想办法跨过去合影，但怕弄烂农家的篱笆，更怕踩着了豌豆藤，只好隔一道篱笆合影。这道篱笆是一道岁月的沟渠，让我无法跨过，重回那远逝的韶华。

　　我想起了孩提时代。我的童年是在物资相对匮乏的年代度过，那时除了有顿饭吃，就很少有零食了。穷则思变，小孩子们也想尽办法往野外找食。比如在土里挖葛根、摘莲蓬，还有漂在水面上的三角菱。再就是什么季节偷什么吃——地瓜出世偷挖地瓜，花生出世偷挖花生，人家园里的橘子、桃子、黄瓜无一幸免。像这豌豆才长成的季节，又成了我们偷的对象，大伙星期天提着一个竹织的篮子以搞"猪食"为名，躲在豌豆地里偷吃豌豆是常有的事。那年代的农村，不比现在见一片豌豆藤很稀罕，那时只要有地的地方，走错了路都可以遇见大豌豆、小豌豆成片、成片的。大豌豆没有小豌豆生吃起来那般嫩甜，所以小豌豆成了我们的最爱。两三个人躲在两尺多深的豌豆地里打游击战，像一只只的兔子穿梭其间，只见藤动，不见人影。万一地的主人来了，大家默契地纹丝不动，他也根本不知道。只是边骂边不停扶起我们踩倒的藤蔓，"该又是谁家的畜生呢"。

　　但春天的季节寸光寸金，要想吃到甜甜的小豌豆得赶上季节，有的地里的小豌豆，今天吃得又嫩又甜，再过几天去偷吃，却熟透了，吃起来是青涩的苦味，这样也就没有谁再去偷了。食不果腹，这个成语的"果"字用得真好，我想"果"应是由野生的果子引申而来，连野生果子都没得吃了，那才是真正的饥荒。甚幸，我们还有这些杂七杂八的生食填肚，就是这些野外的食物填壮了我的身体，填实了我的童年时光。

　　小豌豆也真像我们人的一生。从开满灿烂花朵的童年开始渐渐长大，经历一段短暂的甜蜜——同学少年、青春爱恋，再往后到了社会百态、事业、家庭的熔炉锤炼出苦涩的成熟。在这成熟的过程中，虽然苦多甘少，但它把甜收起来了，开始了浴火重生的人生。待到完全熟透，才走出曾经藤藤蔓蔓生活的故土，贩卖到天南地北，再炒熟或碾烂，变成各种各样又香又甜的食物。

豌豆只要留下一粒种子，年年岁岁，春去春来，犹可落地生根。豌豆花开在我的童年，如今依然灿烂。而我呢？童年远了，故土变了，我再无法找到落地即可发芽的季节和那一方水土。

花依照，人难再，时光如梭。我轻抚着花朵心里想着，再过几天这花就要结果了。但如今的小孩连买来的水果都不那么喜爱，还有谁会来偷这豌豆呢？嗨，"念桥边红药，年年知为谁生"啊！

谁在吃人血馒头——评鲁迅的《药》

吃"人血馒头"是鲁迅先生提出来的，来自先生的小说《药》。

鲁迅先生的作品中提到吃人血馒头的人其实就小栓一人。老栓、华大妈、驼背五少爷、花白胡子、康大爷、壁角的驼背、二十多岁的人……餐馆里肯定还有很多静静在听没有作声的人，这些人中都没见有谁在吃人血馒头，问题应当不大吧。大家只是在议论那个馒头，或者只是在听康大爷讲这个馒头的来历，很正常。

但小栓吃了，有错吗？他又不知道老栓从哪儿弄来的，只听说能治自己的痨病，人皆有求生的欲望嘛，经高温火烧加工之后，确实已分不清了是个啥东西，他吃下去"不多工夫，已经全在肚里了，却全忘了什么味"，小栓吃人血馒头也没有错。

这馒头是老栓拿银子买来的，还找了熟人康大爷介绍才买到。买回来后，是华大妈精心加工烧熟而成。出钱人不遭罪吧，救儿子天经地义吧，为熟人、为邻居介绍一个药方，又引荐买到这馒头是应该吧，恩人哪，都没有错呀。

谁错了？谁是值得鲁迅先生去写，去挞伐的？是红眼睛阿义，还是夏三爷？红眼睛阿义是端官家的碗，为官家管，相当如今一个狱警，他也没有错，就算他有一种想法，想在夏家这小子身上打打主意，捞点什么值钱的，也不算十恶不赦，非原罪人。至于夏三爷举报侄子，属大义灭亲的行为，响应政策嘛，思想是积极的，政治觉悟是相当高的，应当表扬。何况如康大爷说，"夏三爷真是乖角儿，要是他不先告官，连他满门抄斩。现在怎样？银子！——这小东西也真不成东西！关在牢里，还要劝牢头造反。"鲁迅先生也没有打算要挞伐红眼睛阿义和夏三爷。你看，他连墨都舍不得为这二人多写，这两个人的名字，还是从康大爷口里吐出来的。

　　从利益角度分析，有人受害，就会有人受益。受害者当然是夏四奶奶——一个独子，人生三大痛苦，她占其一，晚年丧子。受益的人康大爷说得对，"第一要算我们栓叔运气；第二是夏三爷赏了二十五两雪白的银子，独自落腰包，一文不花"。这声音多熟悉啊，似乎就是我们平时扯谈时，隔壁的大叔大妈在评说。

　　事情就这么简单吗？就如康大爷所言？那是个正常的社会呀，属正常的现象。

　　正是因其正常，所有人眼里觉得都正常；因其看似风平浪静的和谐社会，才让我们的文化先驱鲁迅先生感觉到了不正常！发现了一个现象非常不正常！

　　吃人血馒头何止只小栓在吃？老栓、华大妈、驼背五少爷、花白胡子、康大爷、壁角的驼背、二十多岁的人……这些人正在吃人血馒头！餐馆里还有很多静静在听没有作声的，他们听着康大爷的说话，没有谁出来为夏四奶奶的儿子说几句公道话，也都在悄悄吃人血馒头！至于红眼睛阿义和夏三爷就更不用说了。

　　他们吃得津津有味，张着邪恶的口，没了正义。吃得不分来龙去脉，不辨是非曲直；忘了人血馒头是从夏四奶奶儿子身上所取，忘了夏四奶奶是他们的左邻右舍，忘了人性啊。

本性难移

楼上的邻居对我家里人说，那只才生崽的黄母狗，把黑母狗的崽全部咬死了。听到这个消息，我不由惊悚了好一阵，方才回想起这几个早晨，黑母狗见到我不寻常的表现。

前天早晨，我刚走到院子里，两只才生崽的狗在各自的楼梯出口处，相互狂叫个不停，似乎都在凶着对方一样。不一会儿，它们在大铁门口打起来了，咬作一团。

这只黄母狗生过第二胎（第一次生崽，就在如今黑母狗生崽的地方），不知这次生到哪里去了。它相比黑母狗于我要生疏一些，常常住在对面那栋楼的楼梯下面。而黑母狗却是生头胎，就生在我家楼梯下面的暗处。黑母狗比黄母狗相对要瘦一点，平时看起来也温顺许多。每次它们见着我，黄母狗离我远远的，黑母狗却总爱挨着，像跟屁虫一样。

这次两只狗打架，黑母狗把尾巴夹在屁股后面紧紧地，似乎有了我在场胆量增大了许多，憋足力气要和黄母狗拼个你死我活。我吆喝了好一阵，也没能把它们喝散，直到两只狗打得筋疲力尽，才彼此罢休。散了之后，我见到打架的地方，一片湿漉漉的，不知是狗尿，还是狗的唾液打湿了一地。黑母狗马上又回到了它住的楼梯下，尾巴仍然夹着，没有放松警惕，还在一个劲地狂叫，似乎有一肚子的气还没有出完哩。我也没有过多地在意，匆匆地走了。

一般来说，我白天很少来到小区，所以见着它们的机会并不太多。昨天仍然是早晨，黑母狗一见到我，跟在我的脚后跟，哼哼唧唧个不停，烦死人了，几次赶都没能赶走，一直跟着我到了前面的门店上。等我把门全部打开了，它就冲冲地跑进跑出，往外面走几步，又停了下来，我感觉它像要带我去一个地方似的。毕竟是一只畜生，我也没有当回事。它半个上午就守在店门口，不停地哼哼唧唧。

直到今天老婆说起，黄狗咬死了黑狗崽的事。我才恍然大悟，原来黑母狗是有丧子之痛啊。它可能是在对我诉说它的悲苦，也许是想叫我去为它申冤吧。黑母狗又来了，我马上叫老婆跟着它去看个究竟。黑母狗径直把老婆带到后面的小区，在黄母狗住的地方不远处，见着了几只被咬死的幼狗崽，横七竖八地躺在那里。怪不得这几天黑母狗如此反常！这黄母狗也真够狠毒！气得我老婆一见我就连说，把这黄狗赶走吧。

一山难容二虎，今天我总算见识了。是动物都有残忍的一面。我不由想起了汉高祖刘邦的老婆吕雉吕太后，自从高祖一死，她独揽朝权，开始报复高祖其他的小老婆了。吕太后将戚夫人斩去手脚，薰聋双耳，挖掉双目，又以哑药将她毒哑，之后抛入茅厕之中，称为"人彘"。吕雉为了震慑儿子，防他夺权，又叫上自己的儿子刘盈去看戚夫人的模样。刘盈痛哭失声，命人传话于吕：这种事不是人做得出来的，儿臣是太后的儿子，终究没有办法治理天下了。认为母亲如此惨无人道，已经违背了常理，惊骇非常，从此，他就再也不愿参与朝政了。人亦如此，何况畜生乎？

这两只狗，来我家已经一年了，说来话长。首先，来到我家的是一只大黑公狗，听说是从对河过来的。它跟着主人过来赶集，主人走丢了，它就守在我家的店铺门口，傍晚跟着我们回到了住的小区里。经过几次喂食，它很快和我们一家子混得熟悉了。后来，就在我们家楼梯下安营扎寨下来。几个月后，长得膘肥体壮，一色的黑毛黑得油水溜光，人见人夸的。它慢慢熟悉了这附近的环境，渐渐也把自己当成了主宰这一区域的土皇帝了。任何外来的狗，是不敢随便在此久留的。

有一天，它从外面带回了一只黄狗，两只狗朝夕相处，寸步不移。从此它们同起同落，共同守护着这个小区，晚上甚至还要管到整个市场的动静，这只黄狗就是如今的黄母狗。经过几个月的恩爱，黄母狗怀孕了。

俗话说，狗改不了吃屎。自黄母狗怀孕后，大黑狗从外面又带来了一只小黑狗。这狗，就是今天这只死了狗崽的黑狗。也是早晨吧，我见着黄狗站在小区大门口嚎个不停，顺着它嚎的方向望去，原来黄狗发现了大黑狗正移情别恋哩。大黑狗在十几米远的地方，和一只小黑狗"勾三搭四"。看这黄狗的眼神有几分愤怒，又有几分的无奈，几分悲伤。那嚎叫的声音，真个惨字！实在让人不忍久听，声声透着悲凉。至于后来，狗的事我也没有去留意了，也不知它们是怎么和解的。总之，日久天长几只狗相安无事了，一有动静，都一致对外嚎叫。

前两个月，我家的大黑狗不见了好多天。我们到处寻找打听，才隐约从另一位邻居的口中得知，我楼上那位邻居的朋友，盯上了我家的大黑狗，串通了这个邻居，里应外合把大黑狗偷走了。这样一来，整个院子的狗们（还有一只狮毛狗，自从大黑狗丢了，不久也不见了），变成了无头军，再也没有原来的阵势了，就算来了一个陌生人，叫声也是稀稀落落的。想当初，一旦来了什么外人，四只狗摆开阵容，大黑狗首当其冲，威风八面，任何人见了都得胆战心惊！还怕什么小偷呢？说起小偷，自从大黑狗来到我们的小区，院子里就再没有丢过摩托车了。之前，因小区人少，从没有设防任何安保措施，小偷如入无人之境，前前后后偷走了五六辆摩托车。有一次，一位邻居的女人，还看到小偷怎么偷摩托车，终因胆子太小吓得喊不出声，直到小偷把摩托骑出了大门才叫醒我们。

大黑狗丢了两个月了。我一想起它，心里总有种失落感。世风日下，有时狗比人还重感情哩。记得是大黑狗来我家几个月后，在一次赶集的场子里，它碰着了它的原主人，一直跟了好远，主人才发现它，才想起是他家之前走丢了的那只瘦瘦的黑狗。原主人想把它带回去，买来了一只鸡腿丢给它，它咬了几口就没吃了，围着主人不停地摇尾巴。当主人要抱着它准备上摩托车的时候，它挣脱了，一个劲地往我这边跑，直到跑得无影无踪了。原主人无可奈何，只好放弃了带回去的念头。

那时，我就想啊，真难为了大黑狗，两个主人都在，它该选择谁呢？放弃任何一方，它都需要付出多么大的勇气啊！自从它选择了我，几十年来我这个不太爱养狗养猫的人，也特别爱起了我家的大黑狗了。

如今没有了这只大黑狗，连我都觉得小区里似乎没了主人一样，更何况这两只母狗呢？如同没了主心骨，没有谁来制定这个丛林规则了。

善我

每年到了腊月底，店面上一天下来，就会收到好几张"财神爷"。

我隔壁那个小李，有天气愤地对我说，今天碰了一个这样的要饭人，他送我一张财神爷，我给了他五毛钱，这没有错吧。可那人一接过钱，竟把那张财神爷又拽了回去，还撂下一句硬邦邦的话给我：五毛钱，还想要个财神爷！常常想起他说的这个事，我就想笑。

小李的气愤不无道理。是你先给了我一张财神爷，我才给了你五毛钱呀。我并不在乎你那张小小的财神爷，更不在乎我的五毛钱。但你既然送给了我，怎么又要抢回去呢？大年底了，送给人家一个发财的喜庆，又转身拿走，这不是在犯人禁忌吗？

然而小李没有去换位思考，"财神爷"是要饭人花钱买来的，换言之是他用来带动收入的产品。在要饭人的心里，他低头弯腰向你乞讨了，你给他五毛钱，是他用尊严向你乞讨所得。若你给了钱什么也不要，他或许会心存感激。但你接过财神爷却不愿加钱的时候，等于触碰了他的利益，他瞬间潜意识里恢复了自己卖"财神爷"老板的身份，没了卑微，只有愤怒，对你这个五毛钱想买他财神爷的客户，火不打一处来了。

也从这一点可以看出人的卑微，并不是与生俱来的，而是因生活所迫、不得已而卑微，有朝他不为生活所乞讨了，一样可以盛气凌人。这就跟电视剧里的太监一样，在皇上面前阿谀逢迎，口称奴才，这是为了保地位而卑躬屈膝，当回到自己的势力范围，却又是另一个面孔：装腔作势、颐指气使。早几年就听说过有职业要饭人之说，白天乞讨，晚上嫖赌。我真好奇一个要饭人去嫖赌又是怎样一副嘴脸？但总而言之，太监也好，乞丐也罢，都是命运所造的可怜之人。有句这样的话"可怜之人，必有可恨之处。"

说到做好事，我也碰过这样的人。比如我 2018 年年底牵头为老家修了一条小路，当时，碰着了一个小时候同长大的五保户，我随便问了他一句：过年的腊肉，你准备了没有？他说：还没有去买。年到腊月二十八了，还没有买肉，那肯定是没有钱买吧。人家的年货都早早地准备了，而他一个人就是一个家，无人可靠，我顿起了同情之心。心血来潮就叫他去村里买肉的地方赊三十斤肉回来，并且当场电话联系，说日后我去付钱。到 2019 年的某一天，我回到老家想起了赊肉的事，就特意赶到卖肉的人家去还那笔欠账。好笑的是，我去还那 300 元的肉钱，那卖肉的说欠了 305 元。我忙问其缘故，他说，五保户来拿肉的时候，又找他要了几包腊肉的盐，并且说，给了肉，不给盐，我又怎么能腊得了肉？这听起来我理当下了这一跪，还得给他一拜，盐和肉两者必须配齐，才合乎情理。一包盐，才一两元钱他都舍不得出，莫非是我请他腊肉？这真是滑天下之稽，笑死人了。

更可气的还在后面。今年有段时间，这个五保户不知从哪里问到了我妻子的电话，隔三岔五就打电话找我妻子借钱，说是他要结婚了，需要借一笔钱。他游手好闲四十多年了，连房子都是政府出钱帮他修建的，吃、用全靠政府的一点救济，就算有女人要嫁给他，他也不知道怎么去养活吧。这肯定是有坏女人知道我买肉的事了，以为我很有钱没地方花，或者以为我傻到了家，也想来试试运气，鼓惑他合伙来骗骗我吧。我妻子本来是一个小家子气的人，省吃俭用惯了，从来不强要人家的，但也不明白人为什么要做好事的道理。这回，她找到了充分的理由来数落我：这就是你做好事惹来的麻烦吧。俗世红尘，人间百态。我啥都不讲，心里亮敞着：在自己的能力范围内，随心而为去做一点好事是没有错的，至于结果如何，就不必去追究了。

还是言归小李说的这件事。如果小李想通了这个道理，那五毛钱该不该收人家的"财神爷"？五毛钱对小李而言是小事一桩，而对于一个靠乞讨为生的人来说，意义非同小可。他一天赚到一百个五毛，也许乐开了花，回家过年可以买几斤肉吃，也可以买几斤酒喝，或者买一件便宜的新衣服了。

有的人自己不去做善事，还说出一堆堆的理由来贬低你的行为，总爱揪着那些被救济的人的可恶之处。一个人既然在被救济，其贫困必然有其因果，他前世今生的恶习，必然或多或少带到了今世无法改掉而成了其人的劣根性。就拿前面我买肉给那五保户的事说。五保户的近亲属听说我给他买了肉，对我说，你怕是钱多得没地方放哟，这个人不值得同情。原来此人太懒散，年龄又不大，比我还小点，身体又强壮，却从不去外面找事赚钱，自个的力气又看得比什么都紧，别人有时叫他帮一下忙、搭一个把手的，都很难请得动他。所以他周边的人，没几个人说些同情、可怜的话。

但这五保户到底值不值得同情呢？他不爱劳动、不会赚钱、不懂得去帮助别人是他与生俱来的劣性，命运决定了无法改变，而他的清贫如洗又是事实呀。他是和我一起长大的，我还写过一篇《剩叔》的作品，里面的主人公就是他的父亲，是我老家最穷的人。俗话说，叫花子也有一个年啊。人人过年，他怎么就不能欢天喜地过一个年呢？佛，没有说过什么穷人可以救济，什么穷人不可以救济吧。我发自内心帮助了他，无怨无悔。

我们每一人处于这红尘俗世之中，极易被世俗侵蚀，本来都有一颗善良的心，只要稍微疏忽，不每日自省，世俗就如洪水猛兽立即会吞噬我们的良心。邪恶会让自己的心灵世界变得尘土飞扬，日月无光。我也常丢失自我，陷入俗世的泥滩而不能自拔。但每每自省一番之后，又找回了属于自己的"善我"。

雪花

　　雪，飘来了。她从很远的地方，骤然而至。她轻轻地飘下，一片一片，盖住了突兀的泥土，盖住了草叶，盖住了树木，总在不厌其烦地完成她来时的使命，直至最后把眼前的世界染成白皑皑的一片，把每一寸还没有覆盖到的地方，全部来一次缝缝补补，才慢慢地停了下来。然后，在凌晨，当你醒来的时候，她就把自己的杰作铺展开来，呈现在你不可想象的眼前，是一幅壮美的、莽莽苍苍的画卷。此时此刻，万里河山归她一笔。

　　此时的雪，她应是无比的自豪。她在静静地聆听着来自人们的赞叹，赞叹她的才情是冰雪聪明、雪胎梅骨；赞叹她的美丽是冰魂雪白、冰肌雪肤；赞叹她风花雪月的岁月是如此粉装玉砌、银装素裹。所有的人都在微信上宣扬，所有的人都站在她的身边拍照、嬉戏。她赢得了万众的瞩目，乃至世界的关注。那是一份告慰，告慰自己历一个经年的等待，迎来的一份获得感；那是一种"大风起兮云飞扬，威加海内兮归故乡"，是汉高祖功成名就所收获到的至上的成就感吧。雪，她激动的泪水，闪烁在每一朵晶亮的雪花里。

滚滚的尘世，就是这般变幻莫测，往往越发美丽的，越是昙花一现，来得快，去得也快。世间没有永恒的荣耀，昨天还属于你的世界，也许明天就不属于了你；昨天你所有的光环，也许明天就轻得如鸿毛一般。天晴了，这个世间又忙碌开了，车轮在马路上奔跑，把雪蹽得四处飞扬，泥水搅混了碎散一地的积雪，它再没了当初的洁白；匆忙的脚步毫不留情踩得雪花吱吱作响；一串串的脚印，如同一个个扇去的巴掌，雪地已是满目疮痍。这时还有几人心里仍徜徉在那第一个早晨看到的大雪纷飞的情景？仍产生那种激动爱慕的心情？

雪，你可以粉饰属于你的世界，但你无法粉饰如流水的人心。不是吗？雪把所有的地方盖住，就单单覆盖不了小河的流水，独剩一条河流，成了日后埋葬自己的地方。雪花在把大地染白的时候，河流只是一个可以忽略不计的线条，谁会在乎那一泓不协调的色彩呢？当雪消冰融，哗啦啦的流水开始活跃，人们瞬间的热情都聚焦于那奔腾的浩荡，摒弃积雪，如弃之敝履。

雪，一片一片，还在我的眼前飞舞。偶尔有雪花飞入衣领，沁凉了心房。人到中年，总爱回忆过往，留意经过的人事；儿时羡慕的伙伴、学生时代的同学、青春时期见过的美丽的女人、曾经地方名噪一时的人物，都一一浮现眼前。几十年后遇见，有的老气横秋，成了秃顶的老头；有的脸上沟壑纵横，甚至鹤发鸡皮了，曾经的青春容颜已荡然无存。特别是那些在大集体时代为政一方、说话响当当的人物是何其风光，如今呢，已是耄耋老者、风烛残年了。他们的往昔，亦如我眼前的雪花，不曾也享受过青春的骄傲和世人的赞赏吗？

皆往矣……满地黄花堆积，憔悴损，如今有谁堪摘？守着窗儿，独自怎生得黑！梧桐更兼细雨，到黄昏、点点滴滴。这次第，怎一个愁字了得！读李清照的《声声慢·寻寻觅觅》，我不知读过多少次了，每读一次，每每总要感悟出一番新意。不管是高官巨富，还是底层大众；不管是光环闪炫的名人，还是平民百姓，最终谁能逃过雪消冰融的那一天？谁会知道自己将会以怎样的姿势告别这个世界？

人生落幕，守着窗儿，独自怎生得黑啊！

四月飘飘

"二月春风似剪刀""三月春风笑百花",这都是形象描述春天的景色。二三月间,万物青了,花儿开了,但往往这个时候的春,还是"春天孩儿脸,一天变三变",室外有时还相当的寒冷,草木吐绿,花开次第,都是钻着风雨的空子在绽放。

到了四月,该开的花已经全部报到,该暖的角落,也一天比一天暖了。一不留神,这里花开,那边花谢,而且花谢的脚步远远超过绽放的速度,到处是落英缤纷……

"年年岁岁花相似,岁岁年年人不同",这话说得十分确切。不知是今年新冠病毒突然来袭,闻听多了世界各地的死亡讯息,还是宅家太久,一到出门,春天就已经过半的缘由?我走在乡间的四月,油生了一份莫名的悲伤。这种感觉,独今年今春今天是如此这般的浓烈。

四月,还真是一个落红的季节,一个飘飘的季节。走在花间,总有飘落的花瓣跟在你的脚跟;走在柳下,就有飞舞的柳絮迷乱你的眼神。我低下头来细瞧花丛,艳的已艳到了极致,落下的已经残败不堪忍视。

物极必反吧，也许今天最艳的那朵，就是明天凋零的开始。你看，往往洒落花瓣最多的地方，就在花开得最艳的那个枝头的下面。

我抓起一把柳条，酥酥软软的，轻轻柔柔的。我将柳条缠过颈脖、脸颊，有一种爽到心窝的感觉。幻觉中，是一双在爱情中的手温柔地轻抚着曾经的一位美少年。走在柳下，柳絮团团，如粉如烟如雾，自由地飞舞。柳絮是柳树怀春的种子吧，自己生出的种子，此刻纷纷离去，它是怎样的感觉？是否察觉到了已走到了自己季节的尽头？是否听到了春天远去的脚步声？飘飘的柳絮，欢腾地飞舞，又可曾知否从柳絮飞离柳枝的那时开始，生自己的母体杨柳再也回不去了那美丽的、满是希望的晨与昏？

风，是暖的，暖得让人有些闷热。走在四月里，最也不必担心有突然来袭的寒潮，出门穿什么、穿多少，无须考虑了天气的变化因素。热，一阵阵地吹，一阵阵的加码，有些像击鼓的节奏了，一刻高过一刻，一天胜过一天。这节奏于年轻人应是催人亢奋，而于我却有些茫然无措，似乎有很多的东西，还没有来得及收拾，后面却有黑压压的人在催我赶路……

水，是清清的，清得可以听到哗哗的远逝声。二月、三月的池沟、河流还是去年剩余的蓄水居多。到了四月，已基本上全换上了今年落下的雨水，且流量倍增了许多。"一江春水向东流"应是指这个四月的春江才恰当吧。因为只有在这个四月，才铆足了向东奔流的力量。经过前半个月的频繁的下雨，雨水把所有的沟沟塘塘全灌满后，多余的就流入了江河。流走的是春雨如油，是春波滔滔，是澎湃的心。我也曾有过瞬间的激情，但还是沉淀下来了。像我这种已不想再远走的人，应是留在池塘里的那些雨水吧，明知不久就要到炎热的夏天，明知迟早就要被晒干蒸发，但我还是想留在自己原有的窝里，听天由命了。

走在园林深处，连鸟儿的叫声，听起来都提高了许多分贝，最后的尾音全带着去声。是我神经兮兮呢？还是真的都是这样在叫着？仔细回想，初春的鸟叫，确实没有这般放开嗓子，是尖而细的声音。而此时树上的鸟，似乎嘴巴张到了最大。就比如二、三月间的蛙声，是稀稀落落的，但到了四月的晚上，那是万马齐鸣，听那此起彼伏的声音，似乎青蛙鼓肚张口就在我们的眼皮底下。

不远处，有一对年轻人时而在彼此拍照，时而手牵手挨得紧紧的，显得十分亲昵。他们的热情，他们的缠绵，才属于这个春意缱绻的季节。而我呢，出现在这花间、在少男少女面前，是否有些多余？是否打扰到了他们的宁静？我悄悄转身了。

踱到一片竹林前驻足。这时的风，加大了。空中有很多的东西在飞，几个旋转，不知所踪。粗看和刚才见着的柳絮一般，我俯身拾到几片才飘下的东西，是褶褶皱皱的、枯萎得不能再枯萎的片片竹叶。闻一下，还有些霉气味了。

真让人不敢想象啊，这枯黄的叶片是来自那青青翠翠的竹子。你站在竹林边仰望，一片绿色海洋，满眼翠耸入云。这一片壮观的春色，一片让人流连忘返的竹林，怎么里面还藏了如此之多的枯黄的叶片呢？去年那么多风雨交加，冰来雪去，怎么就没有掉完这些老叶？

为人莫笑白头翁。近年，我发现自己的肚子也大了。笑起来时，眼角的鱼尾纹深了。头上已有了白发，且逐渐在增多。脸上的斑，也爬出了山坡。但我每每发文需要作者照片的时候，总会翻出几年前的旧照送上，怎么没胆量现拍现卖一张呢？其内心又有多么的虚伪，又何其不是在不停地藏和装？

想藏什么？不知道。想装什么？不知道。只知道想青春常驻罢，想欺人耳目罢，想隐瞒现实吧。无奈"大江东去"，无奈"春花落成泥"，无奈"春如旧，人空瘦……桃花落，闲池阁"。

第四辑　倦鸟知返

炊烟。

我儿时讨厌的炊烟，

我曾经发誓要远离的炊烟，如今真的
远离了我。

炊烟，又湿了我的眼睛

小时候，我是受够了烟的折磨。不知为什么一见到烟，我的眼睛就会流眼泪。而在那童年里，却又无时无刻不与烟打交道，我真的恨透了烟，心想长大以后一定要脱离它。

到我成家立业的时候，已经流行烧煤了，总算苦日子熬到了头。从那之后，我就很少见到烟了，除非偶尔回父母身边吃一顿饭，才能重闻烟味。

母亲习惯用柴火烧饭炒菜。俗话说"柴米油盐酱醋"，住家过日子，缺一不可，而柴又排在第一位，可足见其重要。在那艰难困苦的岁月，农村人上半年种田作地，下半年基本上就把大部分的时间，都花在上山搞柴火上去了。那时的老屋，廊上廊下，全都堆满了半干的柴，都是父亲、哥哥从几十里之外的山上挑回来的。家家户户的柴堆积如山，也是各家青壮劳力炫耀的资本。据说那时的农村，看亲、娶媳妇，谁家柴多柴少，还是女方父母挑选女婿的一方面。而我母亲呢，平时总舍不得烧那从山上搞回来的大柴，老是让那些大柴整整齐齐的堆在那，一待就是一个年头。她一般尽量去烧一些屋前屋后的树叶呀、稻草呀。所以每次做饭炒菜，烟雾缭绕，呛得我实在睁不了眼睛。我小时候还常常奇思怪想的，母亲可能练到了什么特殊的本领吧，怎么就不怕烟呢？她总是在烟雾里穿来穿去、忙个不停。

说起稻草，在那个年代，村前村后，这一堆那一堆，无处不是。每年过了七月到收割的季节，就是稻草的世界，也是我们小时候玩耍的乐园。一堆堆，像一个个蒙古包似的，我们就在那中间捉迷藏。有时，我们玩水打泡澡（游泳），弄湿了衣服不敢回家，就在稻草堆里建个临时的家，把湿衣服晒在草堆的顶上，然后把草堆中心掏空，赤裸裸地睡在里面，悠哉游哉。偶尔，也会被草堆的主人碰着，吓得如丧家之犬，就连衣服都来不及穿，赤条条的、一溜烟跑了。那时候的父母，不像如今的大人把小孩当个宝似的，小时候我们一出门就是大半天，父母却总是有干不完的事，根本没有时间去理你，也从不追究我们去了哪儿玩。什么时候回家吃饭呢？只要派一个人去看看谁家的屋顶上开始冒烟了，就知道到了该吃饭的时候，各自打道回府。

我们有时候也在外面野餐。记得有一次，大概是六月大旱的时候，一户人家的门挂上了锁。我们摸清了他们全家都不在家，他家的菜园里有一口小塘，只剩下一点点的水，可以看到鱼儿在跳，菜园里还有两棵挂满梨子的梨树哩。大伙一齐上，吼一声，把衣服全脱了。捉啊，一个小时左右，捉了一桶的鱼。另外，又用衣服包了几包的梨子，才完美收工。当我们胜利结束后，才感觉到麻烦来了，这些战利品该带往哪里去呢？又不敢带回家。后来，有两个稍大一点的伙伴出了一个主意各自回家偷锅、偷盐、偷碗。就这样，各负其责，回家偷锅的、偷碗的、偷盐的、捡柴的、打灶的，忙了好一阵。

炊烟升起来了。半小时的工夫，锅里的汤打起了滚。有的人嘴馋，没等大伙到齐就吃了起来。我不记得是去干什么事去了，等我赶到，他们都在那儿正吃着香哩，顿时火冒三丈，拉了一泡尿在锅里。（这事，我一点印象也没有，还是几十年后碰着其中一个儿时的玩伴说起，说我干了这桩缺德的事。）幸好有一桶的鱼，大伙又重新煮了一锅。

往事如烟，童年已一去不复返了。原来的伙伴，有的因工作在外安家了，几十年再没有碰见过；有的一直在家守着那一方故土，因时光的打磨，没了当年的童真，只有满脸的沧桑，几乎都认不出来了，就是见着也聊不到了一块。原来的村庄，也像一个个的暴发户长胖了，都换上了五颜六色的衣服。要么是两层的楼房，要么是别墅，大部分正门的前面都做了个什么欧式、美式的设计，像九十年代爆发的广东老板，人人的项上爱戴着一条粗粗的金项链来证明自己是个阔爷。我已经辨不清了谁是谁家，又何谈稻草、干柴，连个影子都找不着了。有的村落因征收建厂全都整成了一排排的居民点。物不是，人亦非。只有缕缕的炊烟，缠绕于童年的记忆里挥之不去，总在心中升起。

嗨，炊烟。我儿时讨厌的炊烟，我曾经发誓要远离的炊烟，如今真的远离了我。

炊烟，又一次呛湿了我的眼睛。

我的"童年味"

　　人的一生，就那么几十载。而我们每过一次年，就意味着人生的船靠了一回岸。年，过了几十个，我是越过越迷糊了，唯有儿时的年，一直让我回味无穷。

　　记忆里的年味，总是从腊月的糯米飘香中徐徐拉开序幕。在父母眼里，只要与过年有关的事儿，都总是小心翼翼地办好。从上街买年货，到冲糍粑，洗过年猪，敬四邻八界的神明，每一件事，在父母的心中都是大事，生怕出了一丁点儿差错，会影响到来年的家运。

　　冲糍粑，就是把糯米用水洗净后，放入一个木甑子里蒸熟成饭，然后放在一个尖窝形的石捣臼里，用木舂头捣成像泡发的面团一样，再放在撒满干米粉的门板上，做成一个个的船形，过几个小时后船硬了，用菜刀切成一片片的，就是糍粑了。在加工的过程中，最担心出差错的就是火候和木甑子跑气。所以爸爸总是早早把最干最好烧的柴留着冲糍粑时烧。早几天，爸爸就把木甑放在水里泡发，免得到时手慌脚乱。蒸饭和煮饭确实有一些区别。蒸，顾名思义靠的是水汽，万一火候不佳或木

139

甑跑气就怎么也蒸不熟饭了。有时候做糍粑的饭没有蒸熟，来年一旦碰着倒霉的事，几个月后，妈妈还在埋怨爸爸冲糍粑的粗心大意，而爸爸只能忍气吞声，似乎自己犯了什么大错。

过年，为的就是图个吉利。每次到了办年货的日子，爸爸那被八九个人吃饭问题愁了一年而紧锁着的眉也会舒展，脸上难得溢着喜气。就算我们再添乱，也总是忍着。要是放在平时，我们吵闹过分，他一个唬脸或耳光就伸过来了。冲糍粑那天，我们只管淘气、撒娇。饭一蒸熟，首先就搓好成一个个的饭坨，每人发一个给我们，巴不得我们远离他的"工作重地"。

洗过年猪，就是杀猪。过年图个喜庆，不能说些不吉利的话，这个"洗"用得真妙了，比"杀"字好听多了。杀猪泡毛，既是要用水来洗一遍，洗与"喜"又同音，真是一语双关。洗猪也是有讲究的，早两天，就把老姑爷、新姑爷邀请好到这天来吃猪血汤。早早烧一大锅的开水，准备泡猪毛用。洗猪的时候，拿出糖果打发小孩去得越远越好，免得有个别多嘴的家伙又来胡言乱语，说些不吉利的话。爸爸点燃了香烛、鞭炮，这个时候，屠夫的心里七上八下的，因为一刀下去要准确到位，猪血像喷泉一样喷出，大家才皆大欢喜。

妈妈炖出的猪血最好吃。里面放了一半的猪肉，有辣椒味、胡椒味、生姜味、香蒜味。盛出七八个大碗，留四碗给家里吃，其余分送给左邻右舍。吃完饭，客人都走了。爸爸看着一堆堆细条细条的猪肉块，独个儿发着呆，沉浸在无限的幸福中，像一个猎人，在展示自己的收获。妈妈开始嘀咕了，外公外婆多少斤，大舅二舅三舅家，各又要送去多少斤。爸爸才舒展的眉又紧锁了。似乎只看到吞气，没有吐气。最后，还是为了过好年，好过年，大人各让一步，问题得到圆满解决。

说到爸妈两个人。爸爸是出了名地精，一只猪还没有开始杀，他就能估算出杀多少肉，杀后过秤确实相差无几。爸爸随什么东西进仓入库，他都要用杆秤称一称，用算盘算一算。一担谷打多少米，他都得拿算盘算一下，和上次的打米情况进行比较，是多了，还是少了？一辈子算盘打烂，妈妈常说他就是个"刮鼻屎当做饭吃的人，算来算去算自己"。父母俩人，为那些人情芝麻小事，不知吵过多少的嘴。爸爸总是舍不得，妈妈总是牢骚满腹。试想，不是看在过年，他哪有如此的大方。而我妈妈呢，一副菩萨心肠，自己不吃没关系，叫花子来了，也要盛一碗米的人。更何况娘家的人情世故，她都得面面俱到。为了走正月一次娘家，她大半年就开始准备，做双布鞋送给谁家的男娃，做双袜子送给谁家的女孩，谁家送茶叶，谁家送鸡蛋，一辈子为这些芝麻小事操碎了心。

过年，最关键最隆重的还是大年三十那顿午餐。上午早早地，妈妈就分配哥哥姐姐们各自的任务，都在厨房里忙开了，满厨房烟雾袅袅，锅盆碗响。爸爸呢，一个人躲在幽静处当起了书生。一年唯一的一次给自己放假，他突然变得特儒雅的。他虽然当了一辈子的农民，但一拿起纸笔，看那模样，书生的气质立马就出来了。磨墨、裁红纸，一个人自言自语吟个不停，发了一会儿呆，又神飞色舞，马上就凝神写好了一副对联。看那入神的样子，似乎是无比的陶醉，忘了田，忘了地，忘了家里还有九口人要问他吃饭哩。

过年，前期所有的努力，都是为那顿午饭而准备的。桌上摆着十个菜，不能有一个素菜，腊肉切成大块大块的，酒也是盛得满满的，九个人吃饭，要放十几个人的空碗筷。吃饭之前，爸爸先洗一个手脸，然后端出酒肉贡果，点燃香烛，先敬天地，再敬家神。鞭炮响完，就把大门关上，一家欢欢喜喜吃年饭了。饭没有吃完，不论谁在敲门，都不允许去开门。具体的来历，我一直没有弄明白，反正是爷爷传给爷爷，爸爸传给爸爸，一直传下来的规矩吧。小孩也不能剩饭，据说剩了饭，明年就多灾多痛的。

其实对于我们这些孩子，晚上才是最快活的过年。我们一下子从一个个的丑小鸭变成了白天鹅。三五成群，拿的拿灯笼，拿的拿手电筒，背上背一个空书包，走家串户喊辞年。我们每到一家，就像一帮土匪，不是敲人家的门，就是坐在人家的桌子上，动这动那，站没站相，坐没坐相，乱哄哄一窝，真是谁见谁怕。而东家还得喜笑颜开招呼我们，分糖赠果的。几十年后，我碰着了一个远房的老表，他还在那笑话我，"要是天天过年就好咧。"原来，他一直记得，这句天真无邪的话是我小时候说过的。闹到十一二点钟，个个赚得钵满盆满了，书包鼓鼓的，脚跑得软软的，我们才各自回家睡大觉。

第二天，还是连续剧，只是改了个名称，叫作拜年。小伙伴早早地把我叫醒，研究拜年的路线，方针是一家不能漏。那个牛贩子家，昨晚的门关得早，这次决定先从他家开刀，打他个措手不及。他家刚好门一开，我们就像耗子一样溜了进去，个个提高嗓门吆喝着，"拜年啦，拜年啦。"这回每人都分到了糖粒子，但没有一个伙伴说就走的，都说昨晚冒辞年的，非得要牛贩子老婆补上。原来，牛贩子买少了糖粒子，还得留着初一分给来拜年的人，他老婆只好早早地把门关了，躲着我们这些后到的小孩。（每年到了初一，合作社或街上早关门停业了，就算有钱也买不到东西。）如今他家没有办法补偿了，就各人泡了一碗甜酒给我们。大伙吃完，才乐哈哈地离去。

到了这个时候，糖果也没有多大的价值了。大家一商量，划石头剪刀布，输赢看老天。记得有一次，我把所有糖果都输掉了，硬要继续玩下去，就来拼解纽扣、脱裤子。直直把输了的又赢了回来才罢休。后来，那伙伴不再同我划石头剪刀布了。我也有几十年没见过他了，他参军到了外地工作，不知该仁兄还曾记得我们年少时的乐趣，真是天真烂漫的童年啊。可惜时光不可倒流，永远也回不到从前。

年过到了正月初三，各种玩布龙的、玩纸扎彩船的，还有鱼、虾都出动了。我们跟着跑，跟着唱。那唱彩船歌的人最恨我们了，他唱一句，我们学着跟一句，"彩龙子船呀，哟呀哟。拿把槁撑嘞，划哟。"气得他唱不下去了，就拿着棍子一个劲地赶我们。

有时候我们跟着玩龙的队伍跑，也会有意外的收获。倘若碰上一家新媳妇进门一两年还没有生发的，想来一曲骑龙送子，就随便抓一个男孩坐在龙头上，送入那户人家。运气碰着了，会得到一个大红包哩。

之后数天，不是看老戏，就是走亲戚。好日子特别快，转眼到了开学，节日慢慢谢幕，年味渐行渐远。种田的还是种田，当官的照样当官，我们这些小伙伴，读书的依然读书了。

如今的年，老老少少还在继续过，但是已经改版了。我们小时候辞年必须是晚上，如今吃过大年的早饭，孩子们就开始辞年了，而且再也见不着"打灯笼，照外公"的真情实景。连辞年、拜年的糖果也改革了，变成了发钞票。真是一朝君子一朝臣，小孩们也都爱钱不爱糖了。

走在故乡的冬

大雁最后的一声"嘎嘎"，带走了喧嚣的季节里很多生命的语言，划开一片苍凉与辽阔。冬天的寒潮一拨一拨袭来，击碎了无数青色的念想，阳光把它有限的温柔，冷凝成了岁月里的"十二道金牌"，所有的欲念在风中尘埃落定，咽噎至嘶哑，最后归于静谧。大地沉寂了。纷争、嫉妒与爱恨情仇不值分文。这个时候，原野是静悄悄的。

我也悄悄走出了自己，看着故乡冬的景色。小溪仍在那悠悠流淌，但只见水草摇摆，很难见着水在流动。树木在季节的尾声里，如风烛飘摇，有几分迷茫，几分痴呆。枯黄的野草紧紧抓住泥土的衣角，于生死一线间，任凭寒风撩拨。这时，草根的泥土裸露出来了。我看到了真实的乡土。

放目四望，是一片空旷、安详，见不到翻来覆去的劳作，更没有噪杂的声音。能藏的都已经藏好，万类都在自渡生命，进入冬眠。生物似乎在更替的季节，瞬间明白了一个精致的理：渡过了就是春暖花开，渡不过就在奈何桥下。留在风中自生自灭的，多是生命的累赘，譬如枯萎的叶片、断裂的残枝、零星的羽毛、干巴的鸟窝兽粪，还有几只飞不到远方的小鸟，随处可见一二。荒野，是兵荒马乱过后的狼藉。

在这没有人来人往的田野，草已经占领了田埂，模糊了农家自分田以来的"历史"界线，曾经的寸土必争，已成为野蛮的记忆。户主只带走了土地的一个数字，至于又承包了几轮并不在乎，任凭自家的田埂在荒芜中扭曲。我再不必担心是站在谁家的土上，踩着了哪家的地，没有了那陌生而疑惑的眼光把我窥视。我可以静静地融入故乡。

不知什么时候收割的田垄和没有种上庄稼的土地，连成了一片片的黄，直绵延到远山的边缘。远处的山，几十年来一个老样，一年四季就一个颜色，青青翠翠的。绿色掩盖了这季节里所有的落寞与悲伤。也许是距离产生美吧。山虽在我的目力所及，但真要走去不知还有多远？我于山无需，山于我无欲。正因彼此无需无欲，才相看两不厌，才可以把真诚坦露。山用稳重的脊梁扛着我年少的记忆。远眺着它，我的心踏实了。望着远处的山峦，我如同见到我那远逝的先祖。它们用雄浑而不偏不倚的姿势向我张开了臂膀。他们是包容我的，是爱我的，是理解我的。因为只有这山，无数次见过我未曾轻易流露的、对故乡一往情深的目光。远观故乡，依旧美丽。我多么希望故乡永远像那远山一般，给我无穷的想象。不要深度地走入啊，就让它停留在我美丽的童话世界里吧。

近处一棵棵的树，看似婆娑翠绿。抬头细瞧，绿色的枝丫上挂着数不清的黄叶在听着晨钟与暮鼓。风一起，黄叶跟着绿叶蹒跚起舞，亦步亦趋。黄叶垂垂欲坠，怎么还这般快活？是在为绿叶颂歌吧。绿叶在静静地享受。它用居高临下的眼光，偶尔瞧一眼黄叶，是在欣赏叶落的姿势。

叶掉了，就再也回不到那树枝上翠绿的繁华世界。黄叶是知足于眼下仍挂于高枝的潇洒呢，还是自我麻痹不明白"无边落木萧萧下"的凄景？彼此摸一摸，报知对方一个喜讯：生命还在。只有我这旁观者明白，这挂着的时间都是倒计，有的已经落在树下，和树上的一模一样，只分有生命和无生命的区别。这好比我和坟头里的父亲吧。有时我感觉到自己的咳嗽声，是从父亲的坟墓里传来，因为这发自肺腑的咳嗽，像极了父亲生前的声音。

五十步笑一百步。这一树树的绿叶终究也会掉落！或明天，或明年会在悄无声息中飘下。我想，这就是我的结局么？这个结局应不是我所想象，但现实应是如此，我日渐明白了生命的概念：好比一个应用题，方程的复杂与简单无非多了几个脑筋急转弯，最终的答案就是一串数字，至于小数点后面的多少，省略与写上都没有了多大的意义，最后四舍五入吧。我拾起几片落叶感觉到了一份忧伤，是故乡深冬里的凄凉。这凄凉如同我此刻的心情一样。远逝的美好，我已无法挽留，我还在不厌其烦地用头上的青丝盖住头上的白发，用幸福的微笑掩饰内心的惆怅。把那无奈，不负责任地交给时光。嗨，无数次梦想的故乡，无数次幻想过清闲了，要去看一个够的故乡。今走入故乡的冬，心境却是如此的凄凉！

树上有一个很小的鸟窝，干干巴巴，可能早就没有了鸟儿在此居住。偶尔有几只鸟在飞来飞去，时隐时现。一眨眼的工夫，又有鸟儿从草丛里"扑哧"而出，是否还是那几只鸟？但不管是哪一只，都不在意了我的存在。看它们那自由自在的样子，这儿已俨然成了它们名副其实的家乡。那我的乡土呢？

它们不在乎我，一定有其理由吧。因为它们从来就没有见过我来这儿劳作。既然不懂稼穑，又怎么是土地的主人？我惭愧，愧于这片乡土，徒占其名，而无其用。它们于我怎么不起生疏呢？

我想起了曾经老屋堂上的家神榜，榜上一副对联中有四个字"且耕且读"。不知不觉中，我把那个"耕"字丢了好久。祖上那耕作的手艺，到我这已彻底失传。我的内心是恐慌的。故土在我的手里荒芜，我不懂稼穑怎么办？真有些杞人忧天——万一遇上战争年代，万一外国封锁没有了粮食进口，而我不懂耕作，更谈不上言传身教子孙，怎么办？《管子·枢言》说："得之必生，失之必死者，何也？，唯无。……一日不食，比岁歉；三日不食，比岁饥；五日不食，比岁荒；七日不食，无国土；十日不食，无俦类，尽死矣"。一天断了食，等于过歉年；三天断了食，等于过饥年；五天断了食，等于过荒年；七天断了食，国土就保不住；十天断了食，同类皆无，全部都将死掉。多可怕呀。

记得老屋的屋前屋后有几条小路，虽然泥泞却因人来人往踩得干净结实。我试着去走一走。但我走着走着没有了路，遍地是荒草萋萋，杂木、竹子已经长得比我要高出许多。俗话说，路是人走出来的，这些曾经的路，不知有多少年已经没有人去走了，才成了今天的这个样子吧。我只好依着新修的水泥路从上屋走到下屋。（小时候老家的屋场是一个生产队，有七十多个人丁，分为上屋和下屋，上下屋一共十三四户人家，全队和我年龄相仿的就有十几个小孩。冬天，我们玩出各种花样的游戏，从这家穿到那家，是多么的欢快。）我一路上走着、数着：一个屋场还有六户，六户人家的坪里坐着的、站着的、凡算得上走动的生命屈指可数——一共六个老人，两个健康的，两个中风的，一个患病的，还有一个中年偏老的人手里牵着一个小孩，另外有三个四十来岁的单身汉在那闲逛，再就要数几只麻雀和几只鸡鸭了。偶尔有叫喊卖水果、卖豆腐的车子误入"歧途"，然后一声不吭、一溜烟呼啸而过。

我记起了我的老屋，低矮而破旧，住着一家九口人，一个多热闹的家庭。自父母离世就成了空巢，最后因破败颓废而拆。老屋和屋场的命运何其相似，但愿不要同一个结局。

最后，我来到一口藕塘边停了下来。一株株枯萎的荷叶，形影相吊。风左一下、右一下晃着皱褶的荷叶，荷叶本能地抱着干巴的荷秆不想倒下。有的还在坚持，有的已经歪倒在脚下不能自拔的烂泥里，这还有一点点"青荷盖绿水，芙蓉披红鲜"的风韵么？我的心凉了，凉透了。

这个冬天不知还要熬过多久？

我远眺着四周。四周是灰灰的天色，灰灰的泥土，灰灰的故乡……

站在血脉的河流上读故乡

一

家乡什么都在变。只有一口大塘是一个固定的标志，从来没有变过，几百年来就存在着，也一直这样称呼着——周公塘。

弧形的百亩大塘，如一轮弯月，横卧在屋场的前面。它就像一个聚宝盆，收集了自东而西，聚脉而至的来水和灵气。我每次路过，总要驻足观赏一会，半对照着眼前的实景，半凭着记忆和想象把她端详：靠西的塘边是一排排好几百年的古枫树，在大塘出口的地方，还曾有一个神奇的宝塔。我仿佛看到我的列祖列宗在列朝列代于塘边走动的身影。有家道中兴时期的曾高祖的父亲、曾高祖、高祖、高叔祖们……"指点斗牛谁得近，腰间宝剑气旋伸"。这是光绪年间的高叔祖在塘边持剑吟诗，足可以让我想象他的豪气冲天！富不过三代，我又看到了家道中落时期的曾祖、爷爷、父亲和他的兄弟们，个个汗流浃背、挑土淘金，还有大塘

148

的码头上、棒槌声里的曾祖母、奶奶、母亲和伯母们……

二

在家乡有一个口口相传、义重于泰山的传说故事。我们村住着的姓氏主要是卢、熊、黄三姓，还有部分林姓。而卢姓占主，熊、黄、林次之。卢姓和熊姓的迁居始祖又是亲戚关系。明朝时期有一年，汨罗江对河十几里外周屋场的周姓，眼红起了这口大塘。他们忽发奇想，想争去这口塘的主权。于是一纸诉状，把卢姓告到了衙门。他们的理由很简单：周公塘姓周，理所当然是他们周家的祖业。古时候衙门里的人少，而管辖的范围宽，一个县衙光靠着几个人来把持，不可能有那么多的人力和物力下到地方取证。一打起官司来，就凭着地方上几个会耍嘴皮子的秀才拼嘴巴劲、比文字。周姓的秀才通过制造证据，搬出了一大堆的理由，而卢姓顾名思义上辩论，确实理屈词穷。最后卢姓只得请出邻近另一个小屋场的黄姓来作证。黄姓代表搬出他们的族谱记载，说此塘历代是属卢姓所有。县老爷说，你敢作铁证吗？黄姓族人说，敢！于是，县老爷拿来一只烧红了的铁靴叫黄姓代表穿上，说道，只要你敢穿上这只铁靴，就证明此塘是真正属于卢姓的了。谁知这位黄姓族人真的穿上了烧红的铁靴。从此，这口塘就永远属于卢姓所有，再无争论。卢姓为了感激黄姓，先祖们就许下了一句世代的承诺：生共水塘，死共神皇。家乡有一个重要的葬礼风俗——人死了最大的一件事，就是请道士把亡灵送到"神皇庙"里去，才能代表魂归故里，不做游魂野鬼了。虽然只是一个传说，但至今黄姓倘若死了人要送亡灵，一直是和卢姓、熊姓一样，送到同一个神皇庙里去的。至于这口水塘，他们也一直有着同等的灌溉权力。我每每想起这个传说，发自内心敬佩曾经的先人们，真是义字当先啊。正所谓邻愿邻好，族望族兴。

三

至于那个宝塔，也与一个传说有关。几百年前，有一年的春天，是一个烟雨霏霏的傍晚。一位要饭的老头，在邻村没有借到住宿，又来到我家乡的村子。我家乡不知是哪一户好心的人家，收留下了这个要饭的人，让他住上一宿。第二天，他临走的时候，为了报答一宿之恩，指了指靠西边塘角出口的地方说，若在这里建一个宝塔，你们这儿便会更加兴旺发达。我的先祖们，真的相信了这个要饭人的话，修建了一个很高的宝塔。自从宝塔一建，那个没有留宿要饭人的屋场，在一月之内，竟死去了十几个人，到了缺少人手抬棺的惨境，后来他们只好修了一道围堤，围住了他们的屋场，这场灾难才平息下来。而我们村子里自从建成了宝塔，人丁兴旺，置田买庄，考学入仕，人才层出不穷。这是明、清年间的事。从风水的角度而言，宝塔建在一个屋场出水的总口旁，就如同在家里的大门上装了一把门锁，锁住了屋里的财物，这又是何其的合乎情理。据说这个宝塔，在五六十年代破四旧的时候，被当作封建产物拆除了。那一排排的古枫树，经过全民炼钢、做集体榨油机和修建学校等等大型社会运动，陆陆续续被砍伐得所剩无几。甚幸前辈手下留情，还有两三棵小一点的古枫树，至今犹在，且留作给后人的一个念想吧。

四

在我的记忆里，这几棵剩下的大枫树，需要好几个人才能合抱，它们像一座座巍巍的山峰，只能仰望。冬天刮大风的时候，我们常常在树下争抢被风吹下来的枫结坨。（枫树枝上结的籽，像刺猬一样刺手，大人们用枫结坨拌着艾叶熬成水，用来给小孩洗澡能去毒、祛风、止痒）。每到放学回家，我们一路捡掇枫结坨，把书包装得鼓鼓的，双手伤痕累累，却总是乐此不疲。要是碰着下雨的天，我们又有另一桩事情可忙：塘边的泥泞路面经雨水的冲洗，就会露出一粒粒黑溜溜的莲子。这莲子坚硬无比，不知道在土层里埋了多少年月。用石头捶烂莲子，里面的肉吃起来是又香又甜。自从我记事起，就从来没有见过大塘里开着莲花，满塘莲蓬也只是个传说而已。

但后来，我无意间见到了乾隆年间曾高祖父亲的诗，从诗里我读到了曾经的满塘荷花。他曾抚琴泛艇在荷花塘中，写过一首相当优美的诗，"荡漾微波夕阳长，周公何姓名此塘？莲花出水疑朱笔，柳絮沾衣若肃霜。飞鸟纷纷争往返，晚烟漠漠乱悠扬。忽惊水面星纷彩，近岸人家夜火光。"从这首诗里，可以看出"周公塘"的名字早就存在，而且，先祖也和我现在一样对它充满了好奇和满满的爱。我凭着想象很久很久以前，塘里是开满了莲花的，熟透的莲籽落在塘泥里。又有一年，先人们兴起了淘金，把一担担的泥巴，从塘里挑到了岸上，才有了我们小时候拾不尽的莲籽。

说到莲花，家乡这塘确实神奇。在九十年代有一年，无缘无故，满塘冒出了荷叶，真的一片"青荷盖绿水，芙蓉披红鲜"的莲花仙境。但又只开了一年，就悄悄地消失了。于是，家乡有了种种的传闻，说屋场里将要出一个什么大人物来。转眼二三十年过去了，真不知这个大人物还在哪里闭关修行？我想，也许是先人要告诉我们，他们曾经的繁华，和要证明曾经的家乡是多么的如诗如画吧。

五

我的先祖留下了这么一口大水塘，也留下了很多以这塘为背景所写的律诗，这都可谓是不动的遗产。今各摘一首乾隆至光绪年间，我祖上爷孙两代人的诗赏读吧。

晚眺周公塘

提壶畅饮过芳春，夜色将浓气象新。

浴鹭惊飞天在水，归凫若引客依津。

随波荇叶长漂泊，戴月荷花静入神。

缅想芸窗高尚士，文光射斗志宜伸。

注：此诗是乾隆年间，曾高祖的父亲所作。下面是高叔祖（也就是我曾高祖的儿子，高祖的弟弟），于光绪年间，步韵其爷爷的诗。

金樽满酌洞庭春，水面重开月色新。

鸦背斜阳方入渡，螺头胜景足怡神。

但闻舟子频飞橹，不见渔郎屡问津。

指点斗牛谁得近，腰间宝剑气旋伸。

爷孙两代相隔一百多年步韵作诗。有谱记载曾高祖的父亲莲塘公，富有四庄，四子中一文一武。他虽然家大业大，但他好施恩布德，凡族间有事总是身先士卒，深得族人拥戴。从他很多的诗句里，就可读到当时的盛世繁华、小家富裕以及他人生的春风得意，贻情于山水的高雅志趣。他的作品其中有这么两句"携琴泛艇因花急，把酒拈题为月忙"，没有富足的物质生活和高层次的文化陶冶，又怎么能"把酒拈题"呢？

说起曾高祖父子的富有，还有一个故事传为美谈——曾高祖的父亲共有四个儿子，但却只有一个女儿，他视若掌上明珠，非常的疼爱，待闺女出嫁的时候，把一个庄的田当嫁妆送给了女婿家。一个庄有多大？拿解放初我老屋这个庄的田土面积二百亩为题计算，就相当于当年嫁女的嫁妆是二百余亩田土了，由此足见曾高祖当年确实是富甲一方。当然盛衰盈亏是自然规律，几兴几亡，都在渐微之间，不能一概而论。但就乾隆至光绪之前一百多年间，国家安定，人民生活富足，创造出了康乾盛世。乾隆年间前后，也应是我祖上中兴时期。那时我的曾高祖卢玉三权掌湘平两地的兵权，皇上赐的"钦嘉县丞"的牌匾和刀枪，直到"文革"时期才被毁掉。

六

我每每读着先祖的诗，总感觉先祖已附身于我了，仿佛他就在我的身边吟咏，正在推敲用一个什么样的字来表达更有意境，又合乎平仄韵律。就拿前面举的例子，"因花急"和"为月忙"，表达得惟妙惟肖。似乎慢走一步，花就要落了，诗还不快吟出，月亮就不满盈了。还有"浴鹭惊飞天在水，归凫若引客依津"，月光洒在水面，水波荡漾着月亮和蔚蓝的夜色，鸥鹭误以为是天空而惊飞，野鸭总是游在舟的前方，把客人带向更美的津途。我从诗里读到了曾高祖之父豁达、超尘脱俗的胸怀和淡泊名利的智慧。

再看高叔祖的诗，又是另一番境界。高叔祖是曾高祖的次子，高祖的弟弟。曾高祖权倾一方，据说他若从县府坐轿回家，他的马无人敢偷，从平江府几十里的路，马能自己知道回家，遇路还有人帮忙照看喂饱，直至走回来。所以用现在的话来说，高叔祖属于富二代，有点趾高气扬。从他的诗中即可见一斑，"指点斗牛谁得近，腰间宝剑气旋伸"，看那气势，可见他目空一切了，还有很多的诗里，都流露了这种恃才傲物的气魄，"浩荡乾坤逸兴长，满天星彩耀池塘。青荷翻出波摇月，白鹭归来羽肃霜。"都是气势磅礴，傲视一切的味道。文从心出，文从性出。不同的生活环境，历史背景，就会写出不同风格的诗。高叔祖曾举杯吟咏："把酒倦携风两袖，吟诗待到月三更"，正因如此，日日夜夜过着纸醉金迷的生活，已隐约表露了曾高祖的后辈们，不诚不谦、不蓄不藏、不节不俭，终究没有逃脱富不过三代的魔咒。据传高祖的兄弟也是四人，数十载不脱鞋袜，不问稼穑，成年累月流连于酒肆赌场，四兄弟用几十年的挥霍，就把家产耗之殆尽，直至传到曾祖，已赤贫如洗了。祖业中的四个庄园，仅留下我老家居住的这一个养家糊口的庄。后又几经政策的变化，田土四分五裂，如今就只有一个以"庄"命名的小地名留到了我的手里。

七

故乡的大塘几十年来没有长莲藕了，但今年又长出了满塘的荷叶。荷叶亭亭玉立，莲花朵朵盛开，像一个个超尘脱俗的仙子从梦里走来，从先祖们的时代走来。触景生情，我怎么能按捺得住手中的笔、不去写一写故乡呢？"故乡"，两个多么美妙的字呀。缩小，我就装在心里，从老家的门口那羊肠的小道出发，一次次别过的日子有长有短，几十年来故乡伴我跨过了千山万水，但每一次的离别都是思念，日复日，习以为常了；日复日，家乡渐渐也遗忘了我。一年半载再去看她，很多的楼房拔地而起，我已大部分分辨不出了谁是谁家。没有了低矮的青瓦屋，没有了泥泞的小路，没有了穿着邋里邋遢、却笑起来憨厚纯真的大伯大叔，没了随处可见的黄牛、水牛……故乡是什么？故乡还在吗？当我摊开手指的时候，当我对镜端详的时候，我看到了故乡。故乡并没有走远——故乡在我的肌肤纹理中，故乡在我的血管里，故乡在我的声音里啊。

老屋门前那条路

老屋门前是一大片的农田。穿过阡阡陌陌是许许多多的小山包。越远望，山越高，直至把我的视线收拢到了一块，高低不一、绵延起伏着。我久久凝望，似乎看出了一些端倪：那近山远山，是我祖祖辈辈一代代看过来的形状呀。

最远的祖先我没有印象，但爷爷在世的时候，我也已有了十岁的模样。那时的生活极其艰苦，连吃饱都是个大问题。一位八九十岁的老人坐在老屋的门口，吃一口棉油炒的青菜，吃一口干硬的粗米苗丝饭，难以下咽。他双目昏昏，泪眼光光，看着远山，看一会儿又吃上一口……远山，是一片朦朦胧胧的、如烟如雾罩着的青色，在那迷迷茫茫中，不知藏过多少爷爷望不到头、咽不下去的泪光？

又到了父亲八十多岁了。虽然吃喝已不是问题，但母亲先父亲去世多年，父亲常常一个人独自坐在门口，看着远山发呆，他的余生的最后几年，应就是这样度过的吧：在房里把几本旧得掉了封面的《三国演义》《东周列国》看一会，又在门口坐一会，又回到那三间破旧不堪的房里，晚年的日子就是这样打发……远山，又装下了父亲晚年多少的无奈、无望和昏昏沉沉的目光。

今天，我也同样坐在了门口。虽然房屋已更新，有阳台楼阁，可以登高极目，房屋的位置、朝向，大体和原来也基本上一致，但我的视线最远吧，也远不过那远处的山，远不过我的祖辈，我沿着太爷、爷爷、父母的目光看去……

我边发呆地看着，边回味着昨天在酒席上听到的一些事。

昨天回老家，一位堂兄做寿请吃酒。堂兄几十年没搬过地方，一直苦守荆州，仍住在我原来的老屋宅地。闲聊时，一位客人聊起了他几十年前在我老屋门前遇到过的一件怪异事情。

我的老屋西边是一个村，东边又是一个村，前面全是农田，过了那片农田又到了另一个村。因为老屋属鸡叫数村的地方，也算是一个三不管的地带，穿皮鞋、骑自行车的人很少路此而过（八九十年代，能穿皮鞋骑上自行车的，家乡人定义为"吃公饭"的人），所以没有谁想过，需要在这去修一条像样的大路。往来的行人习惯了在那条长满杂草、稍微算宽的蜿蜒曲折的田埂路上穿梭。那天下午，小雨霏霏。这个讲故事的客人从田垄对面回家，他撑一把雨伞，到了我老屋门前。他说，他明明看到我伯父家"阶级坎"上（原来的老房子窗户前都有一条长长的走廊，就是屋檐下）有几个人坐在那儿闲谈，还听到他们有说有笑的，但自己就是不知道要上前去打听一下路。他在门前的田埂路上绕来绕去，足足绕了几个小时，到了傍晚，才走进伯父的家里。他进屋后，人便清醒了。伯父一家人正在吃晚饭。他问伯父："你们今天下午阶级上是坐了好几个人不？"

"是呀，都是来买酒的。"我伯父原来就是做蒸酒的行当。一到下雨天，闲人就提一个吊盐水的玻璃瓶子或塑料壶，一来打一两斤酒回去，二来"坐坐人家"扯扯闲谈。

"你们应该看到了我吧，我就在你们屋门前来来回回走了一个下午。"

"没有谁看到呀，看到了肯定会叫你过来喝上一两杯。"

他说，我老屋门前的那条小路，算是牛脚尖"眼"里吧（牛踩的脚印，比喻十分熟悉的地方），平时闭着眼睛也要摸出个七八来，但那天硬是绕了一个下午，走不出来。是遇上了"助"路鬼哒。

这个"助"字，是谐了家乡的方言，实际应是"岔"路鬼。意思是，当你在正常行走的时候，这种小鬼如程咬金半路杀出，附魂上身。它会迷惑你的心智，故意带着你乱走，让你总是走不到目的地。

没遇过这事的人听起来觉得很神乎其神，简直不能相信。我回忆起小时候也遇到过这种情况。大约十一二岁时，也是在这个季节，四、五月间的样子。晚上，我提一盏煤油灯，拿一个自制的扎子去扎黄鳝泥鳅。那扎子就是用一根根大头号的缝衣针，固定成一排，一排针约一条泥鳅长的模样，再用一根长长的小竹棍捆紧，就成了扎黄鳝泥鳅的工具。到了春耕的时候，才翻新的田泥，酥酥软软的。春天的晚上，曛风习习，泥鳅、黄鳝都露在浅浅的水里，爬在烂泥巴表面上出来踏春赏月。它们一动不动，灯一照，隐约可见。那个时代，老屋门前的田间水沟，到处都有黄鳝泥鳅，还有小鲫鱼。并且做出来的口味，就算啥佐料也不放，美滋滋的，特别好吃。一到晚上，三三两两，灯光闪闪，都是在扎黄鳝泥鳅的人。当然，菜市场上一年四季都有得卖，只是是纯饲养的，我在饭店吃过几次，那黄鳝泥鳅随怎么高级的厨师做出来，再也没了从前的口味。

那夜，我提了一个小桶子、一个煤油灯及拿一个扎子，正忙得尽兴，越走越远。当准备回家时，竟忘了路，不知怎么回去。我在那田埂上一条一条的穿梭，就是找不到往家赶的路。心里很亮敞，知道要回去，并且十分吃急。不记得走了多久，七弯八拐到了田垄对面的另一个村庄。有一户人家窗户亮着灯，我就急忙敲门。一进屋，人似乎找到了避风港，胆子大了许多，我对户主一位伯伯讲明情况。他拿一个茶杯，盛了一杯白水，让我喝下。我一喝下肚，稍坐片刻，头脑便清醒了，弄明白到了哪，知道要怎么回。

其实，白天站在我老屋门前，就可以看到田垄对面那户人家，那儿并不陌生。何况我生于斯、长于斯，哪一条田埂路我不熟呢？但那夜真的迷失了方向，人十分吃急，不知置身何处，小孩因心里过分紧张，差点以为出了国吧。

刚才只说了迷路。那夜在迷路之前，我还见了一个怪现象——有一个火球形状的东西，从我眼前飞过。那火球大约如拳头大小，速度不十分快，飞过的时候，后面跟着许多小火星，就跟炸烟花的火星一般，只是那火星呈线状规则飞，像一个游行队伍似的。我把这事对同桌吃酒的人一说，又引来了一场热议。

那个人说，"这个火球，我们曾经见过好多次了。它有两条路线，一条从田垄东边的小山包飞向田垅西边的小山包。一条绕你们老屋后面走一圈，经过树山杨村遛一下，再又回到你老屋门前，原路返回。我坐在门口就见过两次。"

这人说得绘声绘色、有头有尾的。他说这是一个神火亮，那火球大约一米七八的样子，走得不快。

我常在梦里徜徉于故乡，依然是曾经的老屋和泥泞的小路。这梦境不知出现过多少遍，但梦醒后，方知都已远去。如今的人开车都是走屋后的那条宽宽的水泥路，门前的羊肠小路，行人更加的稀少，年复一年基本上已经因无人踏迹而荒芜。加上田土改来改去，路早已面目全非了。我也曾试着去走过一两次，但没有一次可以从头走到尾的。

去年，我在老屋原屋基地上做了几间房子。今年正月春节，妻子在那住上了一个晚上，第二天妻便打电话过来说：夜深透过窗户看到一个火球从门前田垄里飞过，好害怕的。我解释说，这是神亮，一直就有。这也进一步证实了我小时候见过的那飞行火球属实，并且可能几百年就在我老屋门前活动。

神有神的事，鬼有鬼的把戏，人有人的活法。一个小小的村庄如此，大千世界也应是如此。神亮、岔路鬼、村庄都相安无事、和平相处了几百年，足以说明只要各方安分守己，各自遵守各自法界的规则，彼此无害，又有什么不能和谐相处的呢？有什么值得大惊小怪的？

说内心话，是希望神常在，鬼走了。因为将来有一天，我仍会在这里终老。我盼望余生，再不要像父辈一样地度过，以及我的子子孙孙多得神的庇佑，少碰岔路鬼。

自行车踩去的时光

寒风凛冽，车流如织。我透过车窗的玻璃，看到有一位老人正艰难地踩着自行车。看着他那单薄沧桑的后背，像极了我已故了多年的老父亲，似乎是爸爸骑着自行车走在寒风中。我慌忙按下了玻璃，待我再仔细去瞧的时候，一辆车刚好挡住了他，就此擦肩而过，老人家只留给了我一个背影，让我回味无穷。

我已经多年没骑过自行车了。看到自行车，我是特别地熟悉。那飞转的轮子，瞬间把我的记忆带回了从前。我很小的时候就见过自行车，那是一位送信的邮递员，骑着一辆绿色的自行车。那时的农村人接触自行车少，不知车子姓甚名谁，单凭直觉，见车跑起来像一线风，形象地把它叫作"线车"。后来，三个、四个轮子的拖拉机出世了，可能是为了区别之见吧，又有人把它叫作"单车"，这个称呼就一直流行至今。

每次邮递员从家门口路过，我们小孩对他的车是十分好奇，但又不敢靠近去瞧个够。在那个生活贫困、思想意识相较封闭的年代，吃"公家饭"的工作人员，似乎比作田种地的人要"高档"得许多。由于大人们对那种人心怀敬畏，小孩也就跟着敬而远之了。只要有人吓唬一句，"顽皮的话，就叫那车子把你抓走！"谁还敢去靠近呢？所以对于自行车的印象，于我童年的记忆里，很早就存在着，但又很缥缈。

我的家乡在七八十年代那十多年之间，似乎一直是个老样子，没有多大的变化。村里人总是在泥土里翻来覆去，从早到晚泥巴一身，是翻不尽的黄土、忙不完的农事，年头到年尾，有时还撑不饱一家人的肚子。我从小学读到初中，就更勿论摸自行车了。八十年代末有一年，村里有人买了一辆自行车。这桩事，曾经一度成了整个村子里的大新闻，很多人都跑去看热闹。那段日子，常听村里人议论此人的情况，他在北京当过兵，可能是北京那边信息灵通，帮他购买了这部自行车吧。就这样，自行车已徐徐拉开了序幕，渐渐走入了寻常百姓家里了。记得我家里的第一部自行车，是父母给大哥买的。大哥那时才二十来岁，正当谈爱论婚的年龄，家里所有好的东西都得先给他置办。连几间土屋，只有他可以一人独享一间，那个自行车也就实至名归非他莫属了。我上面一共有四个哥哥姐姐，还有父亲，他们日夜掌握着家里这个唯一的"高科技"产品，自行车还是轮不到我去摸。它像一条过双创的老水牛，没一刻闲着的。我的记忆里，特别深刻的是父亲学骑自行车的情景。下雨天不好做农务，父亲就用麻绳把一条长脚的木凳捆绑在自行车的后面，一个人在堂屋里来来回回、上上下下学着骑自行车。这样学了好长一段时间，他才敢骑着车去外面了。而哥哥、姐姐们都是在我没有留意间渐渐都学会了。只有我一直爱幽静，总喜欢独个把自己沉浸在各种古典的书籍里，而对外界的新鲜事物没有多少好奇的兴趣，加上家里就那一部自行车，相较骑自行车这股流行的潮流，当年的我算是掉在这两个轮子的屁股后面好远，有时自惭形秽。

时代一旦出现了轮子，生活的变化一下子转快了。到我高中一毕业，忽然发现身边很多人会骑自行车了。有了自行车，人们曾经几十里的亲戚家，一下子走近了；几十斤、一百多斤的担子，也五花八门出尽了奇招，能用绳子捆的，就捆绑在自行车的后座上；不能捆的就用化肥袋子装着，前面横一袋，后面捆一袋；有的甚至把后座用木板加长加宽，踩着自行车下田拉谷，上山搞柴了。大哥正当风华正茂，是他潇洒的季节。他白天干了一天的农活不知道累，晚上还要踩着自行车到处去赶戏场子。那个时期的农村最大的娱乐，就是各村轮流放影露天电影。有自行车的青年男男女女，一个晚上要赶上好几场的电影。我有时也非常羡慕我的大哥，穿着大头皮鞋，蹭着自行车，一溜烟进屋，又一溜烟出去了，好神气的。说起那双大头皮鞋，大哥结婚后，总算有一天成了我的专利品。没多久，该结婚的都结婚了，我也长成了十八岁的大小伙子。妈妈又开始打扮起我来了。我身上穿的外衣，脚上蹭的大头皮鞋，连大喇叭裤还是姐姐穿过的，一色属于哥哥、姐姐们曾经最好的服饰，全穿到了我的身上，凑成了一个五花八门的杂货担子。至今犹记，我是穿着那双大头皮鞋第一次踏进长沙城，乡巴佬上街，脖子看歪；第一次谈恋爱，也是靠着那双皮鞋哩。那双皮鞋经几番缝缝补补，才无可奈何告别了我的青春岁月。

　　说起第一次谈恋爱，还真够丢人的。人家男女恋爱，一般都是男方载着女方到处去跑，而我就靠着两条腿仗着步子去约会。后来形成了习惯，女朋友从一二十里的镇上，每次她骑着自行车来我家里，倒载着我出去玩了。就这样，我一直扭扭捏捏，由她载着我的初恋时光，一高一低，咣咣当当。那时的农村马路还没有出现水泥路，更勿论柏油路了，最好的主路就是铺满了石子。我坐在女朋友的自行车后面，尘土飞扬，车轮一蹦一跳，我的心也跟着一惊一乍。甜蜜与羞涩俱存，幸福与耻辱皆有。现在回想，那场初恋无果而终，可能与我不会骑自行车也有相当大的关系吧，因为人家情敌已用上了"飞"机轰炸，而我还是小米加"步"枪。当然，我后来也学会了骑自行车，轮到我载着女孩潇洒风光了。但女孩已不是当初的那位。这自行车，见证了另一个女孩成了女人，再后来就成了我的老婆了。

日复日，自行车在农村已一天比一天风长起来了。每到傍晚放学的时候，我常常被初中的孩子们骑着自行车哄拥而出校门的场景震撼到了。他们各式各样的骑法既让人提心吊胆，又让人惊讶赞叹，那自行车的队伍真是蔚然壮观！我不由自主想到自己读初中的时光，那时，连个肚子都难得填饱，真有一种生不逢时的感叹。

农村已无处不见自行车了。我的父亲出门不离自行车，一骑也是一二十年。如果要把车子分成时代的话，自行车还真应归属于父亲的时代。因为在父亲的一生中，他使用过的运输工具从扁担、手推土车，到七十年代出现的板车，算起最先进的运输工具，当属他最后骑到老的自行车了。然而，父亲踩着自行车，终其一生也没有踩出过他的时代，直到临终的前半年，才丢下这两个轮子，痛苦地走出了自己的岁月。而我却早已丢掉了自行车。我不知又换了几轮新款的摩托车，近年来家里又添了小车，曾经的石子路也很少见了。村村通路，户户通路，车轮飞驰在一色的水泥路上，双脚渐渐丢失了他的本来脚力，再也无法踩回从前。

我讲平江话

"嗯是念的人"

"哦是平光宣里人"。

这两句话，你听得懂吗？

"老乡见老乡，两眼泪汪汪"，大约二十岁的时候，我第一次出远门在广东遇见了一位平江老乡，就是用这两句话接上暗号的。别人听起来云里雾里，我们却聊得热火朝天，这种感觉真过瘾。

我们平江人，平素是看着涅头照到阶级墩的码贡上，就准备要恰昼饭的。要是贯年，就早早的舞饭。先放一挂鞭，再在挑里敬完子宗，把大门、坎眼哈关上，就是恰贯年饭咯。嗯晓得啵？

你又听得懂吗？这就是我的家乡话，我永远也听不厌的话。抑扬顿挫，雄浑有力。据考证平江话，属于最古老的中国汉语，又称雅言。古代把这种话立为标准的官话，孔子还用这种官方语言讲学哩。

平素就是平时；涅头就是太阳；阶段墩就是屋檐下的走廊；码贡就是石头；昼饭指中午饭；贯年指过大年；早早的舞饭，就是早早地做饭；

挑里指堂屋；子祖指祖宗；坎眼指窗户；恰就是吃；啵就是不。

也许你会讥笑我，普通话难道不是官话吗？中国地大物博，就算有种古代的官话，怎么在北方、中原不见？偏偏在你这小小的一个山区县城里存在呢？

要讲清这个来历，首先要追溯普通话的起源。古代的汉人主要集中在中国的北方，先期的汉人与边境少数民族很少有往来交流，所以一直使用自己的方言，这就是前面说的雅言。后来因战争经商，各民族接触多了，融化也多了，才在雅言的基础上发明了一种语言——叫作北京普通话。所以说普通话应是多民族融合的产物，它却迟于雅言使用达数千年以上。

家乡有句流传的话，平江有座回头山，来了的人不想走，走了的人只想回。因为平江属于丘陵山区，冬暖夏凉、气候温和、降雨量丰富，什么植物都可以在这里生长，最适宜人类生存。自古至今，这个地方就没有缺过人在此居住，繁衍生息。自唐末，北方常年战争，汉人多沿长江流域南迁，至江西、湖南、广东等地区，而到了平江，山清水秀，来了的人哪一个又愿意再走呢？正因为流动性小，没有受到外界语言的影响，其官方的雅言就完整地保存了下来——这也是平江话，和赣语、粤语有很多词汇相似之处的原因。但由于粤语流行之地，是沿海边境多民族的地方，所以汉族的雅言几经迁徙、几经融化，到最后几乎丢失了它的本色。唯有在江西以及湖南一些地方，特别是像湖南平江这种山区，人口很少流动的地方，才原汁原味地保存了下来。

细究平江话确实很有意思。窗户叫坎眼，带一个眼字很形象，说明人类建房屋的时候，留个窗户是用眼睛来观察外面的动静，万一有野畜入侵，从窗户里看到，就马上可以关起坎眼了。堂屋叫挑里，这说明堂屋最初是用来放担东西的扁担、箩筐之类的农用工具，另外堂屋一般较大，屋顶每排得用两根栋梁木材才能挑起屋脊，可能也有这层意思吧。

太阳叫涅头，与涅槃的含义有异曲同工，太阳带来了光明，改变了黑暗，给大地一个崭新的世界，这何其不是涅槃新生？石头叫码贡，就是用来砌码头的石头，贡有贡献的意思。廊檐叫阶级，就更形象了，说明廊檐高于地坪，低于住房，有层次分明之感。午饭叫昼饭，这就是古代没有发明钟的时候，以太阳光照到哪，作为区分时间的钟点。还有舞饭跟跳舞一样形象。贯年指新旧两年连贯。子宗是儿子的宗长，等等。这些口语都有其形象的来历。特别是洗澡叫洗文身，这词来历更久远，人类在还没有发明衣服时，就常用泥巴之类涂于身上防蚊咬、防毒侵，如果时间久了要去把它洗掉，当然是洗文身了。

至于很多的名称，细究起来都是很有意思的。比如阉了的小仔猪叫作架子猪，因为这种细猪没有肉，只有一个空架子；蚱蜢在禾田里跳来跳去就叫禾跳子；雄鸡每天三更打鸣就称作叫鸡；苍蝇会闻腥味而来，像猫一样快，称作蝇猫公；公猪发情喜欢露出牙齿就叫作牙猪；公水牛喜欢浸泡在水里就称作水沙牛；老婆的娘家在一个村庄里上下屋，距离一两丈远，所以称岳母岳父为丈人公、丈人婆；妻子像娘一样在家里照顾生活，就唤作夫娘、屋里、婆娘，等等；男人是一家之主就是男子家；没结婚的小伙子，像黄花初放，称作黄花郎；老大娘枯瘦如柴，叫作干娘子。说到干娘子，还有几个名字概括了一个女人一生不同的时期：没出嫁的叫小娘子，出了嫁的叫新娘子，做了老婆的叫夫娘，等到老了才是干娘子。你看，多形象！

嗨，随便说一句平江话，都够你斟酌出几根白发来，这非三言两语能够道得完、讲得清。平江话和平江很多的地名一样，都具有其悠远的历史来历——比如平江县、长寿镇、安定镇、梅仙镇、伍市镇……单说"平江"二字，春秋时期称为罗县，后因屈原投江殉国，屈原字平，为纪念他而改称平江。汉朝时平江又称汉昌县；三国时称吴昌县；唐朝时称昌江县；后来又因后唐同光元年，庄宗之祖李国昌带了一个"昌"字，为避讳其名，又改回了平江这个名字。由此足见平江之称，历数千年之沧桑巨变，依然留存至今。再说长寿街，就与刘伯温有来历了。传说南宋年间有一个老人八十岁大寿，来了一个道士送了一个锦囊给他，说要他等百年之后给一个姓刘的人看。一百年就到了明朝，老人已经有了一百八十岁了。刘伯温路过此地，给老人卜上一卦，老人问明来者姓刘，就拿出百年前的锦囊，刘伯温打开一念"寿高三甲子，眼观九代孙，若问送终子，江西刘伯温"，念完，老人倒地而亡。于是刘伯温称此地为长寿之地。至于安定镇，是明洪武年间，一个叫程安定的人在此修了一座桥，后人为了纪念他，才有了这个名称。梅仙镇，是汉末的梅子贞不满朝政，弃印归隐于此，烧丸炼丹，后来成仙而去，此地也因其而得名。

　　平江县真是一地一传说、一语一由来。至于汉唐之间，有六相隐平江之说，都是有史可查的。所有的传说和历史，都证明了平江历史源远流长，地理山水优美，矿产、物产丰富，是宜室宜居之地。这儿有岳阳九大景区之一的福寿山，年均气温12摄氏度，集山秀，水美，林幽，石奇于一体。有一脚踏三省的黄龙山，登上黄龙山顶，坐于万年巨石之上，有时空穿越之感，仿佛置身于云雾仙境。有天下第一寨美誉的石牛寨，怪石，奇峰，石洞，鬼斧神工，千姿百态，以及两千多米的古长城，让人穿越时空、无限遐思。还有一个山水相绕的盘石洲，汩水在这里画了一个很大的环形，看似平波息浪，却暗流汹涌。自江而下，汩水穿过一块富饶的平原地带，钻过京珠高速，就到了湖源山。明朝《一统志》记载"湖源山，高数百丈，登之可望洞庭"。也由此足见，八百里洞庭，并非虚传。可能六百年前，洞庭湖要比如今宽得许多，差不多接壤平江与汩水了。古时候出行多以渡船为主，杜甫从湘江北上老家，经洞庭湖风急浪大，加上穷困交加，就溯汩水而上归隐平江。如果按现在的距离，他又怎么会跑到距渡口两百多里的平江去了呢？另外，根据土质也可推测，汩罗江南岸的泥土都是黄泥，而北岸的泥土大部分呈河沙泥的性质，由此可见曾经的汨罗江北岸大片地区是泡在水里的。

我是平江人，我讲平江事，真要讲全它，出一本书也讲不完全。它不但历史悠久，一江汨水贯穿全境，两岸风景迤逦。一条母亲河汨罗江，养育了一方水土一方人。汨水两岸有一种丧葬风俗，人死后要放在家里，停上几个晚上，这几个晚上有一个很隆重的活动——就是"唱夜歌"。很多没有什么文化的人唱起夜歌来，七字四句，意韵俱齐，几个人坐到一块，从天黑唱到天亮总有唱不完的话。这何其不是受了汨罗江"蓝墨水"的陶冶？屈原的《楚辞》早已融入了先人的血液。

> 平光（江），
> 嗯（你）像个小娘子（姑娘）一样，
> 哟子咯逗人看哟。
> 嗯（你）像个老公爹（老爷爷），
> 哟嗞（为什么）有咯多的故事咯。

你语言的韵味，你文化的底蕴，就是一道奇妙的风景。听了，让人陶醉；走入，就是穿越华夏远古的历史。我是讲不完，想不完。爱你，爱不完。

汨罗江，我爱你

我见过羊湖的湛蓝，蓝到我遥不可及；我见过西湖的妩媚，妩媚得让我浑身的不自在；我还见过黄河的黄，黄得我永远也看不透；我见过长江无数次了，但终因其太长，我总是装不下她，想不全她。

只有我的汨罗江，就在我的身边，伴我日起日落，伴我青丝白发。在家，我们开门相见；在外，只要回想，就能把她从头至尾想起一遍。汨罗江，你是一个美丽而质朴的山里女人。你从江西的黄龙山，探出一张俊俏的脸庞。两岸的山是你的青丝垂鬓，扎两个马尾辫，插满山花，从平江走起，袅袅婷婷，摆出一个又一个的 S 造型。当裙角飘到汨罗的垒石，你嫣然一笑，就把美丽定格在我的脑海里了。

是江南的烟雨滋润了你的容颜吧。你就是江南的一个小女子，扭动着小蛮腰，曼妙曼俏。你最窄的地方，真可以用"黄金分割"出你的"0.618"。我划一桨就能把你揽入怀中，我撑一船就可以直吻到你的心湖。晨曦里看你，波光潋滟；晚霞里看你，羞涩含情。当春雷滚滚的时候，你扬起青春的胸脯，波涛起伏，如绽开的花朵，溢彩流光；又如情窦初开的少女，唱着缠绵的情歌，奔走在绵绵的雨泡里释放青春。秋风起兮，两岸无边的落木撩动了你的情愫，你把诗句写满了红叶，由此岸荡到彼岸，从上游漂到下游。一对对的情男痴女总爱拥在你的身边。你的浪漫情怀不知撮合了多少的姻缘，成全了平汨两地世代姻眷连连。

你简洁而单纯，直率而纯情。我站在此处就可以看到彼岸，彼岸有映山红，有牵牛花，还有栀子花开。你轻微的波浪，就如同你的性格那般温柔。你在用你独特的平江方言呼喊，"嗯（你）落（在）念的（哪里）哟，嗯（你）百（不）要走咯，颜处（别处）念（哪）有咯多的花，嗯（你）过来撒"，你一声声呼喊着你的情哥哥。我深情地俯瞰，看到你明澈的眸子里，有我；看到你荡漾的心湖里，还是我。你把青山倒映，你把蓝天装点，你把你最美的一面尽情地展现在我的面前。我读懂了你的心事，你是要美丽我的心湖，你是要抹掉我心中他乡的山水，直到他乡在我的心田荒芜……你偶尔于水之央，露出一块礁石，是在默默地唤我前去游玩吧。时而，又有一队小鱼游来，是想带我游向你的深处。你何曾只美丽了我的心湖？你的魅力倾倒众生。自从屈子行吟到你的身边，直至纵身跳进你的怀中，你的血液就染成了墨蓝，你就爱上了写诗的人。后来，你等来了"六相隐平江"，后来你又等来了诗圣杜甫。"万古昌江一抔土，只今由是作飘蓬"，诗人杜甫本是偶经长沙，因战乱烽起，又穷病交加，无法转身，最后选择泛舟至此，直至长眠在你的身边。留下千古佳句，"故教工部死，来伴大夫魂"。

诗与你血脉相连，你与诗，魂魄相依。你把屈原的《九歌》《离骚》《九章》《天问》从这里传开，你把杜工部的《风疾舟中》从这里传开。从此，开华夏诗章，从此让五湖龙舟竞渡，让天下粽子飘香。

汨罗江，你用独有的诗韵，染墨了天下的文人，也染墨了我。无论我走到哪里，总眷恋着你哟，如江南女子美丽的你。我因生在你的身边而骄傲！我会永远爱你伴你，伴你到水寒三秋，伴你到河涸滩现，到冰封水竭。

犁

又到了清明时节，该是犁田播种的时候。有些日常农具，在早十多年前，应是大显身手之秋。然而，一不留神之间，却渐渐远离了人们的视野。如今偶尔看到，是特别的亲切，常常让人油然而生怀旧之感。就比如说，犁。

一天，我见到一个老农正在把犁耙打烂。犁上凡木质的材料也没地方可烧了，全扔在外面，只留下锈迹斑斑的铁，等着收废品的人来叫买。

老农敲一会，又停了下来抚摸着犁耙。想当年，这可是他大半辈子形影不离的伴呀。看那木头还漆着亮光的桐油，可见当年是多么的爱惜。如今闲置在那很久了，丢在居民点的墙角，差点被搞环卫的人拿走了，不如敲烂还卖几个钱哩。看着这一幕，我心里震颤了一下，似乎老农是在抽烂自己的骨骼。

犁，一个大弯弓形，两头伸长，上头平伸，对着人的怀里。下头离地一尺高，朝着前方。脚底下是一块尖尖的三角形铁，倾斜着像一只蝙蝠，又像一片斜插蓝天的飞机羽翼。把犁扶起，就是一个农民的缩影——从怀中握着希望，赤裸的脚板紧紧地扎着土地，艰难地伸着长长的脖子向着远方，向老天讨生活，向土地讨生活，向着人间苦海无边的日日夜夜、不卑不亢在泥土里翻耕。

犁，可以说是最古老的传家宝了，也是华夏农耕文化的缩影。从商朝开始，就与我们的先祖的生活息息相关。到了春秋时代，用牛耕田渐渐成了主要的耕作方式，一直到上个世纪基本上没有多大的变化。所以说，看到犁，就如同看到自己的祖祖辈辈，看到几千年来，华夏先祖农耕文化——牛拉着犁，一步一步艰难地往前行走；人扶着犁跟在后面指挥着牛一圈一圈；牛、犁满身是泥，人满身是泥；牛气喘吁吁，人也气喘吁吁；人和牛、和犁同病相怜，同走在一个烈日下，脸朝黄土背朝天。"一蓑烟雨任平生""也无风雨也无晴"，这就是农民和牛的写照。此情此境于我是太熟悉了，熟悉到渗透了我的血液。有的人不肖提这种于现在来说微不足道的"犁"。可人虽然住进了城市的水泥森林，若仔细在自己的身上翻找，说不定脚指甲里就有先人的印迹。我们上溯三代，或者再上溯三代吧，就可以找到自己先人耕作的身影，甚至可以在家谱里能嗅到这汗渍渍、泥巴巴的犁。因为我们整个中华民族，就是一个农耕民族。

犁，犁的是荒芜，耕的是土地。当我的想象穿过时空，来到史前洪荒的原始社会，是满山遍野的草地、森林。自从春秋战国有了铁犁，后至汉代发展成了耕犁，再至隋唐成型为曲辕犁，脚下的土地经一代一代的先祖们开垦、整理，才有了如今成型的一块一块肥田沃土。这一片片的土地用田埂圈起来，也就是后来汉字"田"的原形。先人们用犁，在土地里一犁犁、一尺尺地翻来覆去。年年岁岁，用汗水浸泡了脚下的每一寸土地，使之松软、酸咸适度，渐渐拓展成沃野千里。华夏民族无数次的迁徙，都是逐水土而居；无数次的战争都是因土地而起。你看，犁的作用多大，犁与华夏几千年的文明是息息相关。牛耕文化贯穿了整个华夏民族的发展史和文明史。

每年的清明节，都有络绎不绝的海内外华人祭拜炎黄二帝，就是怀着追本溯源、缅怀先人吧。为了追寻先人的足迹，我们总是从浩瀚的史书、家谱、碑文中去寻找蛛丝马迹。然而，现实生活中实实存在的犁，镌刻了先人的智慧、勤劳、艰辛，像一本史书承载了多少的历史，像一面铜镜映照了多少古今的面孔，像一座祖先的古塚千年一个样，可有谁想起过它？有谁为它著书立传、封碑树石？犁，无怨无悔、一直默默无闻地伴着祖祖辈辈的农民生活着。

如今，时代变化了，我们还没来得及思考，犁就被淘汰出了历史的舞台。因工业化的发展，城镇化在不断扩大，长年累月的开发征收，耕种的面积越来越小，有的区域甚至完全消失了耕地。工业化势不可挡，逐步取代了小农经济，农村的主要劳动力早已走进了城市和工厂。一些零星散落的土地，有的荒芜了，有的成片流转给了专业作田的人，形成了规模化的耕作，全面的机械化基本上取代了单一的人牛耕作方式。人们也从散居的农家小院，一下子挤进了一栋栋居民点或小区。没了土地，犁失去了自身的价值，失去了与农民的联系，农民也终因不再扶犁下种，丧失了一个农民的定义，变成了一个特殊名称。

犁渐行渐远了时代，渐行渐远了人们的视线，甚至连安身立命的地方都找不到了。

犁，是一个多么沉重的历史符号啊，随便去摸一下，就能摸到祖辈的汗水，摸到几千年的古老的中华文明史。而这一切，随着老农的一锤下去，将不复存在了。

年

年，一个平声字，念起来顺溜溜、轻柔柔的，像从山涧小溪拾掇的一块鹅卵石，历数百载乃至千年溪水的打磨、洗涤，才那般圆滑、溜光、剔透；年，历数个世纪炎黄子孙的念叨，搓揉成年糕、糍粑、水饺；历数千年装饰成灯笼、对联、烟花；历数朝数代玩出狮子、布龙、戏曲，直到最后搬上银幕变成春晚的年味。

年，是岁月、是华夏文明演成的一个汉字，一个那么亲切的汉字。

年的亲切，我仿佛从年字里读到了先人的足迹。我的曾高祖，有谱记载，钦嘉县丞、富有四庄、好施恩布德。过年了，我似乎听到了他对下人说：去给左邻右舍送点腊肉柴米吧。常言道，富不过三代，家业至高祖，日薄西山，至曾祖赤贫如洗了。过年了，我仿佛又见到曾祖父穿着一块油渍渍的长马褂，在唉声叹气：到哪儿去赊一块肉来过年呢？东家，帮帮忙吧，欠了您的债，明年想办法还上，一定一定的。曾祖父边向债主讲着好话，边不停地躬身作揖。记忆里，过年了，我的爷爷从腰间跟变魔术一样掏出一毛两毛钱来，皱皱的、有点泥土，有点油渍，这是给我们的压岁钱啊。我还记得，我父亲在过年的时候，每年要洗（就是忌讳"杀"字）一只过年猪，肉一条条放在大门板上，他像打猎满载而归，看着门板上的肉，一个人独自发着呆，有时还自言自语。一年的喜悦、一年的汗水、一年的期盼，所有的表情包，都装在那张黑黝黝的、岁月划满沧桑的脸上。

年，是甜甜的记忆。我的童年是一个看不到水果摊、看不到超市的童年。什么都与洋字有关，煤油叫洋油，火柴叫洋火，最好的衣服是洋布做的新衣。过年了，穿上最新的洋布衣服，拿一盒洋火放在口袋里，提着洋油灯笼，成群结队走在伸手不见五指的大年晚上，一家一户去辞年。一家分一两个糖粒子，乐得脸开花，心里沁满了甜。

年，是愁的终结。俗话说得好，小孩望过年，大人盼栽田。到了年终腊月，坐吃山空，余粮不足，有多少人盼年快过完，盼春分，盼清明快到，好犁田播种。当我结婚成家了，那年借钱做屋，欠下的木工钱、砖工钱、水泥钱都一路的好话全约到了过年，约到二十九，约到大年三十下午，还是筹不够那些钱。那个水泥钱的债主出口骂我：一个不讲信用的家伙！我一怒之下，反正赤脚一双不怕穿鞋的，拿出菜刀吓得他逃之夭夭。数十载一晃而过，真想回到老家见着了他，对他说一声对不起。那时我才二十岁，年轻气盛，才分家过小日子，是真的没钱啊。

年，是切切的思念。多少远离家的游子，到了年终，年就变成了一条思乡的虫，爬进心房，爬进每一根神经末梢。纵使异乡有黄金可挖，有高档次的宾馆挽留，也留不住我的归心似箭。那一年我承包了一座老山的整改工程，收入可观。过年了，正值大雪封山，班车不通。我的心早就飞到了家乡，飞到父母膝下和新婚燕尔的妻子身旁。一尺多深的雪哟，无法阻挡我的行程。我横下心来，步走了七八十多里，才走到一个镇上，坐上了回家的班车。

年哟，如今的我，衣食无忧，出门是车，进屋是空调。我却多么留恋曾经的岁月，岁月里那酸甜苦辣的年。童年的年，是多么的让人兴奋、期盼，心想天天过年就好。长大的年，又是多么让人揪心，让人奋进，穷则思变。

如今的年，不知道什么是好吃的了，什么好揪心了，像一朵温室里的花，没有了对雨露，对朝阳的渴望。像一首打油诗，不管怎么去读，也读不出其味道，也像一首故弄玄虚的超意象的诗，虽有很多的意象，就是触动不了我平静的心湖。

保子

保子，是我邻村人。我可能已有二十多年没见过他了。我今天怎么突然想起了他？又怎么想去写写他呢？我也不明白。

二十五年前我刚结婚，在老家盖过一栋房子，保子是吃了苦的。他前前后后干了一个多月。那时的匠人工钱七元钱一天，普工可能是五元吧。记得有人请保子去做零工，五元一天给他现金。他说，不去。别人问他，你怎么不去？他说，工资太低，才五元钱。我要干一个月拿一百元的哩。他这样回答，我当然乐开了花。

他那年大约二十岁，和我年龄相差不了多少，正是有气力的时候。保子家里一直很苦境，上面有一个姐姐，幼年母亲早逝。他爹游手好闲，我还真不知道他爹是怎么把他姐弟俩拉扯大的。保子的爹是一个牛贩子，靠耍嘴皮子赚点钱。（原来的农村作田全是用牛耕作，于是产生了一门职业——专门为买卖牛的双方搭桥牵线，就像是说媒的人吧。这牛贩子得对牛有一些研究，比如从牛的牙齿可以判断牛有几岁了，从牛的身上的"签"——就是牛毛的旋涡的位置和多少，可以判断牛是旺主家，还是败主家，是勤快，还是懒惰等。）后来保子姐嫁人了，家况日渐有了好转，保子爹又盖了两间泥巴房。他爹也确实单身打得太久了吧，如同饥饿的人，饿了一些时日，可以把人的头脑饿昏——他竟然打起了堂婶子的主意。这个堂婶子的家和保子的家就是上下屋，只隔了大约十几米远。堂叔为人忠厚，老实巴交的。他们论字派是叔侄派，但年龄相差无几。因保子的爹嘴巴会说话，油嘴滑舌的，又加上一直没有娶到女人，单身汉爱讲究打扮，他相较他堂叔显得年轻精神了许多。儿女大了，压力小了，俗话说，家宽转少年嘛。他那堂叔的真名直到我今天写到他，才想起来还真没有听说过他的名字，只知道其混名叫作——大郎。光听这个名字，你就会联想到武松的哥哥武大郎吧。确实，保子他爹不高，但大郎更矮。两相较量，保子的爹是占尽了优势。就这样，保子的后妈从下屋跳到上屋，调换了一下角色，做了保子妈。

自从来了这个后妈，保子像一根路边的草，更没人管了。姐姐嫁人了，他又天生的脑壳缺根筋，属智障型的人。父亲跟着后妈转，也不怎么去管他的生活，吃住都成了问题。他就经常帮人家打一点零工，到了谁家，就把家当全都带上了。说起他的家当也没有什么，就是两件衣服，一把梳子。这衣服比白天做事的衣服稍微干净一点，是晚上用来穿着去溜达溜达的。那梳子他却视如宝贝。早晨从没有见他漱过口、洗过脸，但每天早晨见到他的第一眼的时候，他的头发却总是湿漉漉的、梳得溜光溜光，三七分的发型，还蛮标准的，有点像朝鲜领导人金正恩的发型。

保子做事从不知道偷奸卖巧。早晨，工匠还没有到，他就一个人忙活开了。那些工匠都是"老江湖"，个个是精精的"老油条"，不到时候是不会提早几分钟来上工的。等他们来齐，保子可能已经干了一个多小时了。但他们的待遇比保子要高，除了工资高外，每人一天一包烟，三餐是酒。而保子既不要烟，也从不喝酒。人比人，真是气死人。都是底层里两个卖力气的人，也有三六九的区别。当年我也很年轻，思想并不成熟，哪里会去思考这么多人性层次的东西。家里穷、手头紧，巴不得能占便宜就占点便宜吧，心里只一个理，人家是这样给的，我也这样给他，理所当然。保子的待遇，就按了保子之前在人家做工的规矩了。这条不成文的"不平等条约"，不知是保子自己定的，还是别人强加给他的，反正都是有意为之，就跟晚清政府诸多不平等的条约一样，都是外国人把我们当作砧板上的肉，想怎样就怎样一个理。保子虽然脑子不如正常人，但他的脾气却有几分。一旦搞倒了"毛"，比牛还倔。一天，砖匠师傅叫他去干一件什么事，他理都不理。气得师傅找上了我，怪我怎么请了一个"宝里宝气"的人，要我赶紧再去请一个小工来，别误了工。等我妻子来了，才叫了他一声，保子就马上行动了。后来，凡碰上保子发倔的时候，师傅们就只好找我妻子去安排保子了。女人就是有这方面的天赋。难怪人类在智力最低的时候，先是从母系氏族开始，只有女人才可以领导原始的人类。任何动物就算智商最低，异性相吸是天生的。你看，一只鸟到了春天就忙于筑巢，这又何其不是在向异性表现自己的能耐？我问妻子，保子怎么会这么听你的话？妻子说，我逗他的，许了把我妹妹嫁给他哩。呵呵，原来如此。难怪他把我做屋的事，当作自己的事在做。保子连我姨妹子长个啥样子都没有见过，仅凭着想象是一个女孩而已。这一句话，却于他有如此大的吸引力！还不知他当年为咱那姨妹子做了多少的黄粱美梦。由此足见他虽智商不如常人，但他的性发育应是正常的，那年他也才二十岁哩。他脑子缺根筋，他身无分文，他脏兮兮的，但一点也不妨碍他对异性的幻想、渴望吧。

有时落雨天，闲着没事干，保子手里拿着一个皱巴巴的本子，口袋上挂一支钢笔。我问他，你拿个本子干啥？他说，趁下雨天没事做，要去收一收账。我就叫他拿本子算一算我该给他多少钱。他跷着二郎腿，偶尔用舌尖舔一舔拇指，翻来翻去、有模有样算了大半天，也没有算出个子丑寅卯来。我才告诉他从哪天开始干了多少天，一天多少钱。我准备给他钱，他听我说只折算三元多钱一天，脸上似乎不高兴了，连说，那等我干满一个月，有了一百元钱再给吧。原来，他那个记账本只是为了自娱自乐的——我叫他给我看看，打开里面像小孩子画画一样，横横竖竖，歪歪斜斜；圆圆圈圈，乱七八糟的。我忽然想起，他一年四季帮人家在打零工，这些欠工钱的人，不知真给了他钱没有啊？他对我说：好几个村子的谁家谁家。我问：他们的账你都算好了吗？都给钱你没有？他说，谁谁谁给了，谁谁家做了一个多月，谁谁家做了两个月，工资还没有到位，要等他结婚的时候一次性给他。我无语了。

保子，我已经二十余年没有见过了，他也应该四十多岁了吧。不知有女孩子嫁给他没有？更不知道那些欠他工钱的人给他钱没有？这些都是我想起他，我要写写他的原因。

剩叔

剩叔，是我的一个共太爷的叔叔，名字叫剩文，却一字不识，名不符实。他的名字，确实有点"文"章。据说他出生的时候，他娘刚好吃了一碗剩饭煮的粥，我们这儿把头天剩下来的饭叫作剩饭，而煮粥称作"炆粥"，头天剩下的饭再加水"炆"烂，饭量似粥一样倍增，他娘生产他的时候，吃了一个饱，有了力气，很顺利地把他生了下来，于是谐其音取名剩文，就有了这文绉绉的名字。

剩叔，为人公厚，甚至有点木头木脑，只知道做呆事。搞大集体的时候，他正当年富力强，有使不完的劲。队长指东到东，指西到西。他表现得特别地积极，凡是谁搞了小副业（集体劳动之外的事），他就立马向村支部反映。比如，我爸就爱搞这小副业，是吃尽了他的亏的，举报我爸好几次了，害得我爸关村部几进几出，我爸躲他就像老鼠躲猫一样。他也因此评过几次奖。

人有了荣誉，就有了身份，就有人敬重，谁还记得剩叔没进过学堂门呢？邻里邻舍有大事小事，都总要请他去参加一下，就像如今搞活动请一些大伽、名人到场一样。有一次别人家结婚，请他去主持婚礼，喊夫妻拜堂，他喊错了，说一鞠躬，二鞠躬，三鞠躬，把婚礼当丧礼在喊哩。那段听口哨出工的岁月，可能是剩叔人生最辉煌的岁月，日子过得有滋有味。俗话说，好运一条，家成业就。那段时光，他走起了桃花运，还结过两次婚。第一个老婆我没有见过，只是听说还是剩叔嫌弃女方，把她离掉了。在那个年代，女多男少，比例失衡，夫妻离婚也很简单，去村支部打一个证明，就代表离婚了。而结婚更容易，没有什么繁琐的结婚礼节，据说我老家那个生产队上的男人，都是讨了两个老婆以上的。剩叔的第二个老婆，那真是个女人精。用我们家乡的话称作"溜溜发"，意思就是爱打扮，鬼点子多，像这样的女人，剩叔怎么吃得消呢。她生了两个儿子，一个女儿。有一天，她却悄悄地跑了。一跑就是半年，她在外面一直流窜，经常对人家谎称自己是村上的妇女主任，神差鬼错，跟上了当地的一个村干部做了女人。有句俗话，哄过了初一，哄不过十五。有一次她被别人识穿了，因为她拿着报纸倒着看哩。于是人家举报了她，把她押到当地的公社一审查，她全交代清楚了。就这样，她又被遣送回到了剩叔的身边。大概在家住了一个月左右吧，她带着小女儿又跑了，从此就再没有谁见过她。

剩叔带着两个儿子，不知怎么拉扯大的。俩儿子也像极了剩叔，甚至一代不如一代，都是脑袋瓜子缺了一根筋。他大儿子和我同年同月生的。记得进学校启蒙的时候，别的小孩在老师的教导下，知道尿急了要上厕所，他却总是教不会，还以为跟家里一样，门反面就是拉尿的地方。在原来的农村，每到了晚上，家家户户都在门的反面放上一只尿桶，为的就是晚上起床解小便之需。加之，原来的屎尿是作田的主要肥料，人们把粪便也当一个宝似的。剩叔大儿子就总是习惯性认为拉尿在门反面，所以屡教不改，连续读了三个启蒙班，就没读了。

后来，田土到户，集体生产队取消了。剩叔一家的日子一天比一天，一年比一年更苦了。因为父子三人脑子都有点木讷，根本挣不到一分的活钱，就靠那两亩多田的收成。作田，也不是很内行，不懂得科学，纯粹靠天吃饭。我真不知道他们是怎么活过来的。听别人提过，谁家发瘟死了的猪埋在土里，都被他挖出来吃了。正是为了生存，据传十年前的一个晚上，他的大儿子半夜去偷人家的青菜，被人家不小心打着了头，不明不白地死了，后来被那个打的人趁半夜三更，拉到另一处电线低垂的地方做了一个假象，说是他偷电线被电打死了。真是人命如草菅啊。可想而知，他这么傻里傻气，怎么知道去偷电线呢？人死不能复"伸"，只有天知道。幸好供电所冤冤枉枉赔了一点钱，就这样草草地把他儿子的尸体埋了，此事不了了之。

剩叔，一辈子不知道什么是愁。连儿子死了，也都是别人做主，人家说怎么就怎么。他每天把手挽在后面，东家坐坐，西家走走。他家里从没买过电器之类，如电视机、风扇、烤火炉那些农村必备用品，他是"全放在别人家的屋里的"，反正大部分的时间都在人家度过。我有时候回老家见着了他，也询问一下，问他假如再老了一点，父子俩生活怎么安排？他总是"嘻嘻"一笑带过，似乎不知道还有个"明天"，生活简单得不能再简单了。逢年过节，别人都在为进进出出的账目、人情、年货等之类的事忙得不亦乐乎，他却清贫自在，无忧无虑。剩叔，就是这样波澜不惊地过着他的日子。什么都吃，也活到了八十多岁，还从未听说过他因病进过医院。

"穷人自有天向"，这句俗话真是灵验。近年来国家对待农村的五保户政策发生了很大的变化。剩叔一家是五保，政府给他买了房子，还每月补贴多少的钱，有病住院也是全免，他的日子过得有滋有味起来了。过年的时候，我回家还特意去看望了他，发现他也一样腊了肉、腊了鱼，瓶子里还装了两三斤酒。特别是前几十年过冬，我从没见过他在家烤过火，这次他也烤起了电炉火（听说电也是免的）。并且他还有模有样在烤火旁摆了瓜子、花生。我们去喊拜年，他热情地硬要留我们坐一会儿。要是换到往年，门关得紧紧的，父子俩早就坐在人家当起了"老陪东"，等人家一来客，他就在那白吃白喝。剩叔真是老来走运。很多和他年龄上下差不多的老人，有的人虽然有儿有女，但终因儿女情况不佳，或不太孝顺，日子还没有他过得这般有滋有味。这些老人坐下来扯谈，都是羡慕不已。

一个月前，老家来电话说，剩叔无缘无故地老了（死了）。送葬的那天我回去了，那葬礼热热闹闹的，比有儿有女的人老了毫不逊色。原来，政府又补了一笔可观的安葬费。剩叔，一碗剩饭把他挤到了这个世间，大半辈子挨饿。这回，他却吃得饱饱地走了，一路走好。

姚爹

　　姚爹七十岁了，一生没有结过婚，无儿无女。我今天巧合到了他的老家，不由想起了他，就去看看。

　　记得第一次到他家，快十年了，那时他大概六十岁吧。那年是家父去世的头一年，正值家父病重，无人照料。经朋友介绍，我去接他来我家护理父亲。他很热情介绍了他的情况，两间半房子；下面齐楼的红砖，顶上用泥砖砌的，是自己十年前所建。他学过木工，家里带木的东西都是他自己一手所造。包括门框、檐、樑和一个放衣的柜，一个放碗的柜。除了黑白电视和一张床大一点外，家具应当可圈可点了。说到建房子的事，他眉飞色舞。他花了两年建成，建成后还办了十几桌酒席。也许这就是他一生干的一件最大的事，如此滔滔不绝，如数家珍。他又把我带到屋前，农村人屋前一般都有一个大坪，但他家却没有。只有一条几尺宽的泥巴路，进他的房里。他说，他父母在的时候，前面是有一个大坪的，如今被两边的邻居挤成了这个样子，只剩一条进屋的路。镇上也去了，村上也反映了，就是没人理他。越说越气愤，似乎把我当成民政干部了。可惜我无能为力，只能"嗯嗯"地应着。我想，像他这种微不足道的人，微不足道的事，谁会搭理。望着他那激动的样子，也着实让人可怜。他头已经光秃了顶，里面稀稀朗朗的白发，瘦巴巴的，腰微弯着，像一棵秋天掉了叶的枯柳树。在他那时的心中，似乎我就是他的娘家人，或者是一个失散多年的亲戚，他又泡茶又抓花生，把心里憋了好久的委屈、苦水一吐为快。我催他快点，父亲那边没人正在等着他去。他除了拿不动的家什外，家里值钱的，两个袋子装完了。另外，又跑到菜地上割了一袋子青菜，就随我走了。

一晃十年，再次来到他的家，经多家打听才找到。我得知他于一年前过世了，这房子已经好多年没人住了。他在敬老院里就住了好几年，死也是死在那里面。我来到他曾经引以为豪、付出了一辈子心血的房前。原来的那条几尺宽的路，如今被草又挤得更窄了，只能放一双脚进去。房顶看样子早就没了，只剩下断垣残壁，和几只麻雀停息在一人多高的砖上，叽叽喳喳。墙变成了围菜的栏栅，里面开出了好几块菜地，种上了各种青菜。我的心情凝重了许多，一句诗自然念出，"晴川历历汉阳树，芳草萋萋鹦鹉洲"。我似乎觉得他正推着我父亲的轮椅走来，他怪邻居强占了他的坪，怪我当时没有为他出头，要我父亲来主持公道……是的，自从他来到我家，几天下来，就成了我爸的亲人。我们兄弟姐姐只偶尔回去一趟，带点吃的东西，待一会就走了。只有他和父亲日夜相守在一个屋檐下，只有他听得清父亲口齿不清的话，只有他知道父亲的每一个手势的意思。父亲八十几岁，他六十几，他俩就像一对同病相怜的父子，又像一对患难与共的兄弟。父亲也越来越只听他的话了，要吃什么，要用什么药，都是他下指示，我们照办。他有一个小本子，记录着他们每天买的东西，一个月算一次。每次算账都是我哥哥经手，我就劝哥哥查这么清干吗呢？反正不超过一千元。正如我说的没错，每月就几百元开支。像他这种人，一辈子没赚过大钱，没有什么贪心，根本也不知道怎么去贪。就像燕子砌一个窝，就只需那么大一块地方，那么多一点点泥巴。你给它一栋大厦，一堆黄泥也没有什么用处。他的人生就是这么简单，他的世界里，除了已过世的父母，和一个远嫁的姐姐，亲情和友情，就是这么单一。所以一到我家，就把我们一大家子当作了亲人。

父亲半年后过世了，他也同样如丧考妣，一脸的失落，一脸的茫然。有人笑他丢了饭碗，失了业。他心里的苦，只有自己知道。把父亲送上山，我们又各自散去了。只留下那栋歪歪的老房子，和他形影相吊，茕茕孑立。后来，他住了几天，就回自己的老家了。回去后的几个月，每隔一个礼拜，就会骑着一辆老得掉牙的永久牌自行车来到我家走走，吃上一顿饭。有时我碰着在家，就买一包烟塞给他。因为我在外的时间多，他似乎很难碰着我这唯一的亲人，后来就没有再来了。

姚爹，他平平淡淡地来，也平平淡淡地去了。什么也没有得到，什么也没有带走。他的人生就那么大的一个圈子，那么多的一点幸福，就那么一点点怨恨。那条通往他家的路，那条他一直耿耿于怀的路，连最后一次他都没来得及走了。我今天站在这，还是万分的无奈，还是无能为力帮他出头。因为我身无半官半职，我又怎么能帮得上他呢？

姚爹，我只能用我这唯一属于我的笔，算是为你立传吧。把你的事写入作品里，让更多有良知的人看到，让更多像你这种弱势的、还活着的老人得到更多的关注、关心。更多像你邻居的那种人良心发现，再也不要去侵占属于你的财产和权利。不要以为你没有后人继承，就藐视属于你的东西。只要你活着一天，只要你有一片立锥之地，那就是你的家，就是你的财产，就是你的尊严。

第五辑　寸草春晖

一草一木，尚可以逢春再发，
而我的昨天在哪里？我的父母呢？
如一片树叶飘落了，就再也找不回来，
真是江山是主，人是客啊。

和母亲过生日

今天是我的生日，也是已故母亲的生日，我们母子缘深，同月同日。早晨一醒来，我的脑海里忽然闪现一个念头，今天要去大灵寺过生日。

大灵寺，还是十四年前去过。那年母亲身患乳腺癌已是晚期，于她世间的一切都已看淡了。唯有每月的初一、十五去大灵寺拜佛，从未间断，这成了她心灵的唯一归宿。也是在今天这个日子——八月十二日，她早早艰难地爬起了床，洗漱完毕，就叫上我去送她。（其实早几天，我们做儿女的就提出反对她十二日那天去庙里，因为都知道母亲已在日不多了，想给她老人家做一个寿庆。）母亲执拗己见，无奈母命难违，母子二人就这样去了大灵寺。这也是我人生第一次，唯一的一次和母亲在寺庙里，过了一个特别的生日。

大灵寺，在智峰山巅。当年我骑着摩托车，壮着胆好不容易把母亲载到了山顶，我以为爬上了那个高山，就到了寺庙。原来翻过第一个山头，便是一个群山环绕的村庄，跟《桃花源记》里描述的山村一模一样。再走一段，就到了村后，一条羊肠的山路，隐藏在后山的树林里，方知此山才叫智峰山，庙却在智峰山的顶上。当年，摩托车到了此山脚下，再无法往前走了，只好将车寄在山下的人家。母亲用手按着患乳腺癌的部位，艰难地往山上一步一个脚印地攀爬，每上一步，她似乎使出了浑身的力气。走一阵，歇一阵，我又无能为力，只好偶尔托在她的腋下，带上一把力气，就这样，一步一步向着庙的方向往上奔，母子二人大概花了一个多小时吧。幸好沿路林荫遮蔽，休息一下，浑身沁凉沁凉的。一路上，鸟声叽叽，流水潺潺，真一幅活灵灵的山水画，可惜当时因母亲身患疾病，我忧心忡忡，没有心情去欣赏此景。心里只装着庙，眼睛总在前方寻找，看有没有一块平整的石头，好让母亲坐下来休息一阵。当时，我似乎想起了《水浒传》里的李逵接母亲的情景，真有点担心，怕一眨眼睛，母亲就走丢了。

今天我独自一人上山，往事历历如昨。走一阵，就停下车来，看一看涓涓的山溪，听一听清脆的鸟鸣，深情地摸一摸石头，心里寻思着，哪一块是我的母亲曾经坐过的地方？哪一寸湿漉的泥土，可否闻到母亲汗水里的温柔？当我走近寺庙，几乎认不出曾经的大灵庵来了。记得昔日的寺庙下面是一块宽大的平地，种满了蔬菜。如今，此处用花岗岩建了一个很大的门楼，门楣上横书"大灵古寺"，两边刻着一幅长长的对联。从门楼往内望，"天王殿"三个金灿灿的大字，赫然闪入眼帘。我的心油生敬畏，急忙停好车，不敢擅自再长驱直入了。门外修了一个高台，站在高台上俯瞰山下，我似乎置身在云烟袅袅的仙境。莽莽的森林，像一张偌大的绿色地毯，倾斜舒展开来，从天王殿向人间铺开，一直倾泻至一片白色的水库，才戛然而止，真似通天大道。待我直望到了繁星点点的房屋、良田，才恍然大悟自己是来自人间阡陌。

来到了天王殿。一位老尼姑忙起身上前招呼"阿弥陀佛"，寒暄一阵，我道明了来意。老尼姑连说，好！好！好！行孝好，有福报的，有福报的。又问我，买多少纸钱烧给妈妈？我说，您看着帮我安排吧。她忙开了，装了一袋的纸钱，另外拿了三叠长方形不同的黄纸钱，告诉我哪是给妈的，哪是拿去三个大殿拜佛烧的。她好像一个老妈妈见着了久别的儿子，唠嗑不停说，生日这天烧钱给妈妈，你妈妈今天的钱全部可以得到哩。我忙问其缘故，她又似乎怕泄露天机一样，只是悄悄地连续几次说，听我不错的，不会害你的。老尼姑这么一说，我的心立刻虔诚起来，正愁无处报恩哩，似乎找到了一个寄钱的方法。她问我买什么价格的香烛。我也是这样说，您看着办吧。老尼姑又告诉我，纸钱七片一折，叠起来烧，就会像金树开花一样。"你妈今天就发了哩，她有了钱，对你们也有好处哩！"她一边忙着用拇指推散一沓沓的纸钱，一边自言自语说个不停，"今天烧钱是行孝，阴间不收税的哩。"我小心翼翼七片一折叠好，小心翼翼放在炉里堆成金山，直至每一片化成了灰烬。我久久不愿离去，似乎要等到母亲把钱全部装好才放心一样。

待烧完给母亲的纸钱，我又按老尼姑的指引，从天王殿拜起。之后，来到了观音殿。一种无比熟悉、亲切的感觉出现脑海中。后来一询问，只有观音殿一直保持着原貌，其余的天王殿，如来佛殿和其他的基建设施，全部都是老主持坐化几年之后修建的（由一位身价十亿的女居士为主捐款）。在观音殿前，我重复着点烛、焚香、跪拜。然后，每一个细处，我都仔细地打量、回忆，很想找回从前的蛛丝马迹。有点累了，我就横躺在一排用来拜佛的海绵垫上，感觉特别地舒服，像回到了小时候睡在母亲的怀中。我时而闭上眼睛养神，时而侧着脸，端详着观音菩萨及众多菩萨的雕像，真的不想再坐起来。谁知来了一位尼姑，用嗔怪的语气劝我快起来，说这是对菩萨的不敬，这海绵垫是用来叩神明的，怎么能睡觉呢？有辱菩萨呀，"阿弥陀佛！阿弥陀佛！"吓得我一个鲤鱼打挺爬了起来。我几进几出大殿，总有一种恋恋不舍的味道，总感觉母亲就在我的身边。我似乎看到母亲就跪在菩萨的面前，喃喃自语，念着许多许多她心中的愿望。

我望远处万顷林海，顿感悟起数载人生之短暂。一草一木，尚可以逢春再发，而我的昨天在哪里？我的父母呢？如一片树叶飘落了，就再也找不回来。

父亲的眼泪

离开老家二三十年了，去年我突然决定要在老家建房子。

要说起原因，得缘于有一次，我来到原来常住的楼上，在父亲曾经住过的那间房里闲坐了好久。睹物思人，我回忆起了父亲临终前的一年，在此曾住过差不多一个月的时光里的点点滴滴。那时我还真的没有明白父亲的固执，在我这还没住上一个月的时间，他就天天吵着要回去，直到最后我还和他大吵了一架，才把他送回了老家。

这栋房子除了下面的门面一直在做生意外，几年来楼上已经好久没有人去住了。我几乎大半年不曾上来。由于窗户紧闭，楼上霉气扑鼻，又阴又冷，房间因阴暗显得十分的凄凉。我急忙推开窗户，阳光瞬间透了进来，像送来了一件无比珍贵的礼物。真是房内房外两重天，房里掉一根针都能听得到，是一种窒息的沉寂，房外的楼下却有人来来去去、说说笑笑、热热闹闹的。今日独处其间，一种孤单、寂寞的感觉油然而生，我忽然明白了，父亲要迫切离去的缘故。

父亲那年日渐病重，到最后必须有人护理。俗话说得好，九子不能葬父。虽然他有子女六人，但最长的哥哥年幼随他母亲离异他乡，基本上没有护理的义务。两个女儿按我们当地不成文的风俗，也属没有义务护理的人之列。还有一个住在老家的哥哥，因自己的身体及家庭状况不太好，也属不可以完全"依仗"的人。所以最终的主要责任无可推诿地落到了我们另外俩兄弟的肩上了。就这样，父亲像过去农村几户人家合计买的一条老水牛，过起了轮流看护的生活。

我记好了父亲在哥哥那住满一个月的时间，早早地当作头等大事，把楼上的取暖、厕所等一应设备弄好，将父亲和他的衣服、药物等，一车子载到我这儿来了。那时我正当创业，就市场里这一套房子，楼下是老婆在做着生意，二楼是我们正住着的，就只好把父亲安置在三楼了。因我日夜忙碌业务，儿子又在外地读书，说起照看，其实成了妻子一人的事。我唯一能做的，就是不停地从外面带回他爱吃的东西，他想吃什么就买回什么。我原以为保证了他的吃喝不愁，药物不缺，身上暖和，就算是尽了人子之孝。但在父亲的心中，在我这儿住着，他一天也过得不舒服，度日如年。好不容易坚持了二十余天，他再也无法忍耐了，开始用阴沉的脸色对我表达抗拒。我明白，依他年壮时的个性，要是当时他能自己下得了楼，肯定早就头也不回地走了。但只因双脚无力没法下楼，无可奈何被我软禁于此。

父亲一辈子习惯了农村的生活。老家的房子虽然是平房破旧不堪，但进出方便，常有他的朋友来家闲谈走动。冬天烤火以烧柴为主，烤起来全身暖和，一大帮人围坐火旁整天扯东扯西，生活自然于他惬意多了。哪像在我这楼上呢？除了妻子一天上来几次，整天见不着一个人影，只有自己找自己说话。我想，假如如今把我也关在这过上几天，我真不知道该怎么度过，好人也得关出病来了。

幸好我把父亲送回了老家，并且不久又请到了一个护理人。那护理的姚爹当时六十来岁，和父亲很快建立起了友谊。他每天把父亲料理好，碰上好天气，还推着父亲到外面走走，凡是父亲生前的好友、亲戚家都走了一圈。父亲虽然病入膏肓，但他过得很开心，从我每次去探望就能感觉得到他的满足。

在他离世的前几天的一个傍晚，我和妻子又去探望。父亲已神志不清，一睡着就讲梦话，尽说些已故亲人的名字。我们这称作"走阴"，就是魂魄已经去了阴间吧。后来他醒来，房里有人问他都认识谁？他毫不迟疑地叫出了我们的名字。他用一种很柔很柔的眼光看着我，这眼光还是记忆里小时候见过——是一种慈爱的眼光，与他之前在我家那和我较劲的眼神，真是截然两人了。他连说，吃了饭走吧。旁边的姚爹故意回问父亲，那搞什么吃呢？父亲说，碗柜里有肉、有鱼，还有鸡蛋，全做着吃了吧。那姚爹说，这真奇怪，你父亲几个月没进过厨房了，是怎么知道柜子里有这些东西的？这两三天他饭都没吃了，也没说几句话，除了扶他下床如厕，大部分的时间就是这样昏迷地睡着。你们一来，他却像病好了一般。确实他像一个好人在对我们说话，这也许就是人们常说的回光返照吧。他的精神状态看起来实在是太好了。假如是初病，我们肯定会幻想还有好转的希望。我急忙剥了几粒桂圆给他吃，又喂了半支饮料。不久他又睡着了，又在讲着梦话，时而和这个人说，时而和那个人说。我还隐约听到他喊我已故母亲的名字。

再过两天，我们又去探望，父亲已经再也叫不醒了，就是醒一下，也说不出话来。喉咙里卡着很多痰，像一个滚动的球在里面上上下下、吞吞吐吐，和我母亲临终时一个模样，好像是烧开了的水壶，站在门外都能听到那沸腾的声音。大家都紧张了，所有的亲人也陆续回来了。父亲要走了，这是他的生命最后一次在沸腾，这是他对人世、对亲人最后一次在等待、招呼吧。

好不容易等到他睁开了眼睛，他柔弱地扫视了一下四周，当眼光停留到我这里的时候，我看到了他眼角沁出了一滴泪水。父亲的泪啊，这是我数十年来第一次见到。在我的心中，他是铁一样的坚硬，山一样的威严，父亲怎么会有眼泪呢？见到父亲的眼泪，我无法待在房间，悄悄地离开了。等我平息情绪，过几分钟再进去的时候，他又闭上了眼睛，从此就再也没有睁开。整整一天一夜，喉咙里不停地上上下下，像小时候我见过的"人踩水车"一样，咕噜、咕噜地响个不停，这声音真个揪心啊。一把、一把，搅动了房里所有人的肝肠。我一直守到天亮，见哥哥姐姐们和儿子都在，就准备去睡一会儿。当我才躺下，忽然电话来了，说父亲走了，永远地走了……

　　曾经道听途说，一个人的生死都是命中注定。有人、无人送终，有几个儿女送终，早就写在了生辰的八个字里。难道我注定不是父母命中送终之人？注定做不了一个孝子？记得母亲去世的时候，我一直守着，不迟不早刚好来了一个电话把我叫走了，我一转身，她就离世……这回，父亲也是一样，我守了一天一夜，也没能让我给他送上最后一程，而是让我的儿子给他送终了。我身为人子，连最起码的"养老送终"四个字都没能完成啊。正如我们老家为父母办丧筵的请帖上写的"不孝男罪孽深重，祸延"，我何其不是罪孽深重？

　　物是人非，往事如昨。父母的时代已经画上了句号。我也日渐知命了。孝与顺，思与念，就留在自个儿的心中吧。父母健在的时候，我正值艰苦创业，未能给他们完美的生活。如今，我的日子好过了，他们却享受不到一丁点，我在外面买再多的房屋，于二老又有什么意义呢？这里没有他们的印象，于我的父母永远是陌生的异乡。我想，还是回老家吧。还是在父母曾经生活了一辈子的原地上重造楼宇，土屋换楼房，也许二老会含笑九泉。我也算是守住了一份家业，守住了他们留给我的土地，也守住了父母的记忆。

父亲

　　"父亲"二字太过沉重，像一座山，让我永远只能仰望。虽然父母都过世好多年了，我为母亲写了好几篇作品，但就从来没有写过父亲。我总觉得母爱如海水，素材取之不尽。而"父亲"太高，高到有种只可远观；"父亲"太大，大到我无法身临其境，真不知从何写起。

　　秋天到了。傍晚，习习凉风吹来，让人无比惬意。我踱步在门口的马路上，见到一位七八十岁的老人，满头花白，像霜染了的一堆绒草皮，高高的个子，端正的五官，穿一件深蓝色的短衬衫，身上不见肥沃的土地，只有沟沟壑壑，是一位斯斯文文的长者。他提着一个绿色的小布袋，背笔直笔直的，慢腾腾地朝我走来。这不是我的爸爸吗？我差点喊出了声，但又忽然一个寒战，父亲已过世多年了。

　　父亲，是一个普通的农民。但要说他是一个真正的农民，却也算不上合格。在农业方面，母亲常常说他坏话，对他褒少贬多。但母亲又常挂在嘴边，养大五个儿女，都送读高中，你爸也真不容易呀。父亲真的不简单，是个生意精。在六七十年代，条件十分艰苦，交通不便，通讯落后，与外界的联系自然也就比较少了。老实的人就靠一点工分过日子，队荣家荣。而我的父亲却常年流串外地，做一些小生意，遭村部关押审查是家常便饭，已属"常委"级别了。在当时叫作搞投机倒把，属割资本主义尾巴的重点对象。他投机倒把些什么呢？就是用一个土车，或一条扁担，一头挑着风险，一头挑着全家的柴米油盐酱醋，到什么季节就销什么。比如家乡是产粮、产棉区，他上半年销油菜籽、草籽，下半年销棉花、棉饼（棉籽压干了油后，做成的饼）、谷酒，等等。在那个年代，是什么都不允许干的，只有在生产队老老实实听口哨出工的人，才算得上是个好社员，属安分守己的农民。试想，我父亲为了做那些生意，费尽了多少的心机。我隐约记得，他常常将他要销的东西，东藏西躲。家里的老屋，原来有两间是用木板垫了的阁楼。每每风声一紧，父亲就将他要销的产品藏在阁楼上。他一个人常常三更半夜，爬着木梯子，无数次上上下下把进回来的东西运进运出。他还有一个更隐蔽的地方，原来是交代我们不能对外人说的，属最高机密——如今他老人家和村里的那些领导早已作古，那所谓的"投机倒把"，禁止群众自由买卖的政策也早已过去，我家的最高机密已不再是秘密了，父亲的最后一"窟"，便是老屋后山上的一个土洞。

往后的日子，哥哥姐姐们都大了一点，政策也有了松动，逐渐允许人们经商了。父亲头脑灵活，很快他便跟上形势，有了一个新的行当——织草包（用稻草编织成袋子）。这袋子专业供应对河的一家保险柜厂，用来包装铁皮做的保险柜。大姐负责织，大哥负责打草，二姐负责织草绳，三哥负责搓草绳，各负其责。我呢，专业负责看牛。大家各司其职，像一条小型的加工流水线，一家人的日子过得红红火火。

父亲常常对他的朋友们吹牛，说他们不会当一家之主，瞧他自己把家里的儿女安排得多好，分工明确，任务到人。那段时光，应是父亲人生最得意、最风光的时期吧。然而因那时还处于政策过渡时期，加上那些为政一地久了的人抱着老思想不愿放手，"土皇帝"干久了，有点恋恋不舍之前的那点威风，我家仍出现过好几次的"大扫荡"。记得一天傍晚，村上六七个村委，从乡政府开会回来，气势汹汹地朝我家走来。我大姐见来势不对头，就把木门关上了。他们六七个人一到家门口，就大喊大叫我父亲的名字。大概是一个壮壮墩墩的、年纪很轻的村干部吧，一脚踹倒了我家的木门，六七个人蜂拥而至，鱼贯而入，把家里的东西砸得一塌糊涂，吓得兄弟姐姐们都躲在木楼上。我至今清楚地记得，大姐紧紧地抱着我，不知她是怕吓着我，还是她自己也害怕。每每想起这段记忆，我就非常非常想去抱一抱我如今六十岁了的大姐啊。我家的日子就是这样，在一种紧张、躲藏中心惊胆战度过。父亲几关几出进村部，不知受了多少的委屈、凌辱，他从来也没有对我们提起过，总是独个儿默默地承受。到后来我长大了，也陆陆续续耳闻了一些村干部整人的事情——在那个有些荒唐的岁月，一个村部的权力确实很大。我记得上小学的时候，村部在学校的旁边，哥哥姐姐上学送饭给父亲是常事。有一次，我和班上一位同学在路上打架吵嘴，他骂我是送牢饭的，一下子就打到了我的痛处，让我瞬间自卑起来。这同学几十年后，我们都几十岁的人了，见面总是热情不起来。

父亲，还是个钻学问的人。无论日子怎么艰难，他一闲下来就看书。什么古籍书都看，如《东周列国》上、下册，还有《左传》《封神榜》《三国演义》《水浒》《红楼梦》《儒林外史》，等等。白天看了，晚上就拿去显摆——赶唱夜歌的场子。（我们家乡谁家死了人，就招呼一些地方有点文化的人对唱，叫作守亡灵。一个鼓，几个人围在一起，一般以七言四句，吟唱古书上的人物，乃至很小很小的细节。）我估计他虽不能倒背如流，也应该滚瓜烂熟了，自从我记事起，就是如此一直在看这些书。

八十岁的人，从不戴眼镜，眼睛特别地好，这点是让我无比佩服。母亲先他去世几年，他的生活变得孤单多了，就更与书为伴，八十多岁的人快临终，还是手不释卷。每次来我这里，袋里除了装着几件换洗的衣服，也全部是古书。我回老家看望他，他要么在睡觉，要么就坐在一把竹摇椅上，跷着二郎腿，入神地看着书。这一印象，也深深印在了我的脑海，虽然他已经过世多年，每次回老家，我总仿佛看到他，仍坐在他的睡房里看书，音容宛在，叫我无限思念，总觉得他没有离开我们。

父亲常对我说起高祖、曾高祖，说他们如何英雄，如何文采斐然。现在一回想，这何曾不是他的理想呢？这是他在那艰难的岁月里，未能实现的梦想，想间接嘱咐儿女把这梦想传承下去吧。我老屋的墙壁上到处写满了典故和诗句，有的是用粉笔写的，有的是用木炭写的，这些可能都是他从书中读到的妙语佳句，或是读书后的有感而发吧。可惜前两年老屋也拆了，没有留下一点作为纪念，永远成了我脑海中"父亲"二字的记忆。

先人已矣，不复归兮。父亲已经走了好多年，我拿什么去想象？我只能在偶遇的无数个老人中去寻找，无数次我见到模样相仿的老人，总想拉住寒暄一阵。

我又该怎么去评价父亲？他只是一个农民。什么成就也没有，最大的成绩就是做了两次房屋，但也早已破败不堪，如今全部被拆毁了，不复存在。他的肚子里有多少墨水？我至今不清楚，他没有留下只字半句。如今的他，一样和没有读过书的老婆、兄弟睡在同一个山丘上。真是"贤愚千载知谁是，满眼蓬蒿共一丘！"

盼

这几日天气特别好，晚上也没什么风，我突然想找一份清静。

我独自漫步在冬夜里，银灰色的月光，洒在脱落得干干净净的树枝上，树枝显得格外凄凉，洒在低洼的水池里，渗透出逼人的寒气。抬头望去，月还不是满盈。心想，还坚持两天好天气，定是满月一轮。人潜意识里都有一种渴望圆圆满满，此刻我满脑子充溢了这个概念。夜深愈凉，似乎正在为明早的霜加班加点。脑海里瞬间凝固一句词来，月有盈亏花开谢，想人生最苦离别。我的母亲，已别我十载有余。经常于梦里见着，醒来总会泪湿枕巾。柳条折尽花飞尽，借问行人归不归？人世间有很多种离别，还尚可以折柳望离人，花落盼花开，而独与至亲的生死别离，一别就是永诀。你望穿秋水罢，你踏破天涯罢，也找不回重逢。十年生死两茫茫。正如吴英奇的诗《故乡》，从此故乡只有冬夏，再无春秋。

十年，可以改变一个人，改变一个家，改变一个社会。但就是改变不了一份思念，一份记忆。记得是母亲去世的前十几天，离清明节还差十天，母亲躺在床上问我，什么时候是清明节？我当时觉得问得稀奇，丈二和尚摸不着头。之后才弄明白，她是在想着她回去的日期（我们家乡称死为回去）。母亲七十岁患上了乳腺癌，病魔折磨一年之久。一年来，药物当饭，医院当家。直到最后，医生劝诫，七十顺头路了，做个小手术尚可延长时日。母亲一字不识，一切由我们做儿女的做主，以为做了就会彻底好转。而仅仅几个月下来，病情日益恶化，她已经不想跨出家门了，过着不见天日的生活。每天陪伴她的只有一包包的药物，和那张睡了半个多世纪的木床。有一次，她委托姐姐帮她去算一个八字。姐姐如实告诉了她，要到清明节才有人老（家乡称老也是指死），正是这句话，她一直惦记着，一直盼望着，数着她回去的日子。

她已厌倦了尘世的纷扰，不在乎了晨钟与暮鼓，春红与花谢。除了上庵敬神的日期必须出门外，根本不出家门。最后几个月，连上大灵庵都不行了。至于我买了新房子，她一点喜悦也没有，从不过问，更请不动她的尊驾去走走看看。她一步不移地守着歪歪的老房子，数着清明节的日期……这是多么沉重的盼啊，一份对人生告别的盼，渴望脱离苦海的盼。

哀哀父母，生我劬劳。我又何其没有盼过？那时，我才三十多岁，正值而立，事业才刚刚起步。没有足够的实力，也没有足够的时间去关注母亲身体的变化。患病初始，母亲又故意隐瞒痛苦，当进医院发现，已是晚期。那时，我也有过把她送往大医院治疗的想法，终因经济，时间，还有旁人的劝诫，放弃了这一念头，就在附近的医院治来治去；我也曾盼过，她的病情出现好转的奇迹；也曾盼过，待她康复了，时间宽松了，一定要带上母亲去游游外面的世界。但是时不待我啊，所有的心曲都只是南柯一梦。

母亲临走的头天晚上，已经吃不下了什么，也说不出什么了。喉咙里像卡了一个球，上上下下咕噜，又像水壶里烧开的水，在煎熬的火焰上沸腾。按她之前的吩咐，我们已经为她穿上了出家的僧袍。我就跪在她的身边，诚慊地念着"阿弥陀佛"，这也是她早对我传授的四个最灵验的字。我知道已经无法留住了她去的脚步，她已经归心似箭，唯有发自内心的祈祷，盼她去得轻松，走得坦然。天亮的时候，七点多了，她的喉咙里，还是咕噜咕噜地没有停息。刚好来了一个电话，找我有点急事。我就对母亲说，我去一会儿就回来。之前一整夜，她已经失去了任何反应，此时居然点了点头。在我离去不到二十分钟，她走了，走得是那么匆忙，走得让我手足无措，走得让我不认识了身边的世界。

无父何怙，无母何恃？母亲停在那儿，闭上了疲惫的眼睛，永远永远。我恍然觉得，自己是多么的无助，恍然大悟了，子欲养而亲不在的真谛。没有了父母侍奉，是做儿女最大的悲哀。倘若时光倒流至今天，就算我仍无建树，我也不会轻易地签那个切割手术的字。因为母亲已无人可依，她已经把命运全部交给了她最信任的人，交付与了做儿女的我们。我应该多多咨询，其实乳腺癌并非不治之症，化疗及时，至少可以多活几年。这岂不是我判决了母亲的生死？！岂不是我过早地把母亲送上了黄泉之路？！罪孽啊。

十载韶华，我无刻不在自责，无刻不在思念。想母亲的时候，我写了《煤油灯下的妈妈》于《西部散文选刊》发表了；想母亲的时候，我写了《落叶》的诗，交与《墨音雅韵》朗诵，但是无论我怎么去写，也写不完母子情深，写不完盼重逢，重逢去了天国的妈妈，去了好久好久的妈妈。

煤油灯下的妈妈

很久就想写一篇有关妈妈的文字纪念。但一提起妈妈，心里就翻江倒海，非一两个故事可以写完写好。慈祥、贤淑、勤劳、俭朴、一字不识等中国典型母亲的形象浮现脑海。

煤油灯，如今很少见了。像一个葫芦形玻璃球，上面罩个球形的罩子，下面一个圆圆底盘。在我缥缈的记忆里，煤油灯亮的地方，就有妈妈的身影。三更半夜，万籁俱寂，妈妈坐在煤油灯下，不是做布鞋就是缝衣服。时而拿着针在头发上磨几下，时而把嘴唇贴着手头的鞋底，用牙齿把针尖咬出。那双慈爱的眼神不时地打量下我们睡的床上……煤油灯的烟雾，一缕一缕，从那球形的玻璃罩里钻出，直扑在妈妈秀气但有点泛黄的脸庞上。迷糊中，我有时分不清是灯的烟雾，还是妈妈的满头青丝，影子在墙壁上晃动。

直到渐渐大了，记忆也越来越清晰，八十年代末，我进入了高中，开始离家的生活。一到星期天，归心似箭，似乎家里有什么吃不完的东西等我，一个劲地匆匆往家里赶，一进家门，就到处找妈妈，一见到又没什么好说的。

晚上，妈妈还在厨房忙碌，灶台上放着盏点亮的煤油灯。大概九点多了，我好奇地走进厨房，拉亮灯，问妈妈怎么不开灯。妈妈念叨开了，上个月电费多了多少，哥哥嫂嫂经常不关灯等等，我说，妈妈靠你一时半会省得了多少啊。她似乎有点生气，"省一毛就是一毛嘛，没有几毛钱，就买不到酱油哩"。她边说着，边把炒好的豆腐干拌瘦肉装进了橘子罐头瓶里。这时，我才恍然明白，妈妈是在为我准备明天带去学校的干菜。我忙问道，妈妈，哪来这么多瘦肉。妈妈轻轻地说，每次家里来客人或来匠人，炒菜时留下一点，存放在那的。妈妈轻轻的一句话，我的眼睛蓦地湿润了，深情向她望去，忽然发现，妈妈原来那两个长长的辫子不知什么时候剪掉了，留一个刘海头，头发添了好多好多白丝。她微微地弯着腰，差点要把头伸进了灶台，把红红的柴火，一个一个钳出来，堆在一块，然后拿一个旧瓷盆盖上，等到明天就变成了木炭。我鼻子一下酸了，怕自己控制不住，很快转身出来了。

光阴荏苒，日月如梭。妈妈把五个儿女、六个孙子都抱大成人，教导完成，已经白发苍苍了。一个目不识丁的农村妇女最宝贵的三十年青春，就在养儿育女中消失。至晚年，儿女个个像鸟儿四散飞走了，留给她的只有长夜的孤灯和炉火旁的打盹……妈妈不知从哪一天开始转变了她老来的活法，——信佛。慢慢地她把自己的精力、心思全部交给了她心中向往的地方——智峰山大灵庵。每逢初一、十五的头天晚上，她就会沐浴斋戒，虔诚祷告。一大早就步行两十多里路，奔大灵庵而去。几年下来，妈妈的思想好像变了很多，一个几十年都没有走出一个镇的女人，一个连自己的名字都不认识的女人，竟然明白了很多的道理，像沉睡了几十年，才打开紧闭的窗户。

到了七十岁那年，身患乳腺癌，仍坚持初一、十五上大灵庵。

有一次，病得很厉害，但又到了上大灵庵的日期，她要我送她同去，这也是我人生第一次在香烟缥缈的寺庙，待过一天一夜最漫长的时光，是我与观世音菩萨近距离接触的一次。白天一天的祈祷，晚上妈妈还跪在青灯下，口中念念有词，我跟着跪了半个多小时，实在难耐久跪，就坐旁边仔细打量——妈妈已满头银丝，枯瘦如柴，背已经弯曲成了个弓字形，她双手合十一段时间，又腾出一只手来揉揉胸部疼痛的地方，那青油灯的烟雾，笼罩了她的满头银丝，影子在墙壁上不停地上下晃动，一缕一缕，时上时下，瞬间把我带回了童年的记忆，那个在煤油灯下做着针线活的妈妈。那时的妈妈有一张俊俏的脸庞，一双水灵的眼睛。几十年走来，就浓缩成这个样子……

　　我不由慨叹，人生的短暂，岁月的沧桑。一个人活一辈子，富也一生，穷也一生，就那么几十年，怕就怕活得糊涂，活得迷茫。妈妈虽然身患重疾，但她也是活出了自己的精彩。

嗯妈的茶

　　母亲节已经过去两天了，朋友圈里节日的气氛，依然没有消退的迹象。打开微信，尽是有关母亲文字的作品，句句触心，篇篇感人。我本不想再写有关母爱的文字，几十年的母子情深，花一辈子也写不完，想不完。

　　去年写过一篇《盼》，只是母亲离世前的一点感怀，就带出眼泪汪汪，思念成河。莫把琴弦拨，怨极弦能说。我怎么敢写呢？但思念又被这节日的氛围唤醒，骤然笔端，我怎能忍耐？

　　妈妈，自我咿呀学语，最先喊出口的是这两个字，一喊就是几十年。直到那年那月那日那刻，她永远闭上了眼睛，我声泪俱下歇斯底里地哭喊过，就再也没有喊过一声"妈妈"了。

　　有时候，我经过农家小户会偶然听到小牛、小羊、小狗、小猫、小鸡叫妈妈的声音，一声声越听越像，越听越亲切，特别是牛羊唤母之声"嗯吂"，和我家乡的方言"嗯妈"是何其相似，声声触动痛处，我油然而生孤零、失落之感。一禽一畜尚可以日夜唤自己的妈妈，而我却向谁

207

唤？人生一路的成与败，能再向谁诉？真是此情难寄！

嗨，说到嗯妈，往事实在太多太多。随便翻一页十几年前的日历，都有喊嗯妈的声音，随便捧一把老屋前后的黄土，都可以嗅到嗯妈的气息，随便用十几年前老家的茶碗泡上一杯茶，就仿佛看到了嗯妈的身影。

农村人最爱串门子。特别是下雨天或晚上，家里常有父母的熟人来走动。客人坐下，嗯妈就忙开了，烧水、洗碗、炒豆子。我对嗯妈常用来炒豆子的那个铝盆子印象特别深刻——一个长长的手柄，外面经常年累月的火烤，漆黑漆黑的。但不管铝盆子多黑，于我年幼的眼睛里却是最爱，总是想方设法要去偷吃一捧。那刚炒熟的豆子放在茶水里，比早前炒熟的豆子确实要香很多，连水都变得香甜了。把一杯茶水喝完，再嚼上一口豆子，美滋滋的味道无法形容。这也许是嗯妈每次要等到来了客人，再临时去炒豆子的缘故吧。

我的嗯妈一生最爱就是泡茶。家乡地方有一种习俗，泡茶总要放点炒熟的芝麻、黄豆里面。喝茶的时候，连带茶叶、芝麻、豆子一起吃完。我嗯妈也一样，泡茶总少不了芝麻豆子，她很少泡没有芝麻的茶端给客人，认为没放芝麻的茶，如同泡一杯白开水给了人家，显得寒酸。在那物资匮乏的年代如此，在后来的十几年生活有所改善了还是如此，芝麻豆子于她只是放多放少而已。我受这习俗的影响，几十年来，喝茶就爱喝这种放了东西的茶，对没有放芝麻豆子的茶，端在手中总有一种失落之感。

嗯妈对芝麻茶的重视一直到死。临终前的几个月，就早早地替我们准备了为她办丧礼用以待客的茶叶、芝麻、豆子，她总担心后人泡茶寒酸而得罪客人。区区小事，也可见她老人家一生的待人接物。她的处世观就是自己穷点、苦点没关系，但不能薄了别人，不能丢了自家的面子。这又何其不是数千年来我们民族的品德？是劳动人民最朴素的处世观！

父母，是连在一起的两个称呼，是我们人生中最重要的两个人。但我发现一个现象，有关父母的文化题材，写母亲的远远多于写父亲的。这是什么原因呢？是父爱不重要吗？答案当然不是。有一句这样的名言：全世界的母亲是多么的相似，她们的心始终一样，都有一颗极为纯真的赤子之心。因为父爱往往是粗犷苛严的，而母爱是细腻忍让的。母亲，总有一份天生的母爱，她对儿女的对错容忍，有时达到了你无法想象的地步，有时还甚至无形中把儿女的缺点，也当作了优点看待，这就是俗话说的"慈母多败儿"吧。记得我十六七岁的时候，思想还有点叛逆，常常关着房门看书写作，每每投出去的一篇篇稿件如石沉大海。现在回想，一则因自己当年文字确实太稚嫩，二则信息闭塞，刊物少之又少，刊物又基本上掌握在一小部分圈内人的手里，像我这种山村里初出茅庐的爱好者，谁会搭理？所以，我有时情绪低落。我的嗯妈见我大门不迈，小门不出，少不了担心。常常借故送一杯茶，或到房里来拿一个什么东西，推门进来瞧瞧。我却常常对她无礼发牢骚，有时甚至吼她一两句。她总是不回骂我一字半句，轻轻地关上门离开了。到了吃饭的时候，见我半天仍不出门，就会盛上饭菜放在书桌旁，二话不说，又悄悄地走了。这就是母亲，这就是母爱，我忍辱负重的嗯妈，我默默无闻的嗯妈。几十年过去后的今天，我每每看书写作，总习惯先泡上一杯茶放在旁边。我有时顺手端起来喝着，仿佛是我的嗯妈刚刚来过。

"不得乎亲，不可以为人。不顺乎亲，不可以为子"。回首往事，深感愧疚母亲。我在那年少的时候，母亲正当年轻，生命富于活力，我就怎么不知道去多给她一点亲昵、孝顺呢？等我懂事了，她却老了，于世界无求得失，无所欲望了。我的孝顺才给了她多少？她又在乎多少？

身体肤发，受之父母，生活习性，多是自小养成。我爱喝芝麻豆子茶，是受了嗯妈的影响。茶还在天天喝，而我的父母早已作古。嗯妈，我想你。

清明，陟岵陟彼

父母，是我们睁开混沌初开的眼睛的时候，第一个看到的人，也是日夜伴我们渐渐长大、牵着我们走出人生第一步的人。日久天长，脑海里有了一个概念：父母在，家在。

"陟彼岵兮，瞻望父兮。陟彼屺兮，瞻望母兮。"出处《诗经·魏风·陟岵》。年少，我读到这段文字，半知半解。自从父母陆续离世，每次回家见不着了爸妈，家似乎空空荡荡，我就不由自主地走到父母长眠的山头。那山上的一草一木一石，日渐与我亲密了，慢慢成了我的挂念，成了思念父母的地方。往后的日子，在外见着类似相仿的山，我就不由自主会想起父母，想起家。

来到父母的坟前，我深情地向黄土三叩首。然后，就选一处干净的地方坐下，点着一支烟，慢慢地抽，慢慢地看，什么也不去想了，如同宝宝躺在妈妈摇晃的摇篮里，悠哉悠哉。这是一个游子跋山涉水回到家的感觉。这种感觉曾经有过。记得我初次远离父母是读高一的时候，每到星期六下午，我火急火燎往家里赶，回到家似乎别去的日子好久，什

210

么都觉得新鲜，连一直家里常有的椅子、桌子、床都格外的亲切，我就静静地先坐一会，看一会，躺一会。要是进门没见到父母，就像缺了什么似的，直到见着了，心里才踏实。

坐在坟边好一晌了，我才起身围着坟的四周转转。坟头能扯得动的杂草，我总想尽力去扯掉，扯的时候我觉得是在为父母掸去身上的一只虫子、蜘蛛什么的。心想，无以尽孝了，只能如此而已。

生生死死，聚聚别别。人在生的时候谁会想到死？父母在的时候，谁会想到别？早知有一别千秋，又何必相逢为人父母，为人子女？而且，父母总是无尽地给予，子女总是无休止地索取。当子女想到要还的时候，父母却找不到了。父母已经睡在土里了。他们在黄泉之下，庇佑着自己的儿女。这是我们每一个人，命中注定的"保护神"。父母在四柱八字的格局里称作"正印"，如果算命先生说你的八字带印绶，那都是好的格局。正印代表的是现成的福报，也指人身体里的元气，是父母赐予我们的立身之本。我们老家称"人死"叫作"回去"，这是回哪儿呢？就是回父母那儿啊，把最后一份欠了父母的、也是父母最先给予我们的元气去还给父母。由此可见，人从生到死都离不掉父母。人一生下是父母的儿女，一世轮回，若没有交付清楚今生来世，还是父母的儿女，就算父母早已离世几十载了，就算自己为人之祖了，人在最后离世的那一刻，依然是那么的脆弱，脆弱到像刚刚出生的时候一样，脆弱到脑海里只剩下父母的影子。我见过一些临终的人离世前的状态，总是在迷糊中轻轻地念叨着自己的爹娘，似乎他已跌入深潭，又似乎是一个迷失在夜色中的孩子，在呼喊父亲、母亲来给予自己的力量，来带自己回家啊。

"儿行千里母担忧"，因为我们从生下就烙下了父母的印记，随走到哪儿都会连着父母的心。然而我们因有了小家、事业的烦扰，因岁月的打磨，却逐渐淡忘了父母从前的恩情。只有等到日复老了，思想又回到了起点，才明白世上最亲的人只有父母。这就是"叶落归根"吧，归于来时的那片土地，归于岵山屺山。

中华民族是一个最有故土情结的民族。不管走到哪里总想着家乡、想着祖国，因为家乡是列祖列宗埋骨的地方。泥土里流淌的基因连着一条血脉的河流。古时候因战乱，家破人亡，辞祖别乡，什么都带不走，但远行的人总要带一包故乡的泥土随身，土在家在啊。有的人遇上水土不服，就拿点故土泡水喝下，还可以当药方来治病。一切一切终归一句"父母埋骨是梓桑"。

陟岵山而思父亲，陟屺山而思母亲。几千年的中华文化把"孝"字放在首位，也教化宣扬到了极致。岵是草木茂盛的山，就如同家大业大的父亲；屺是不长草木的山，就如同日渐枯瘦的母亲。一个游子身处异地他乡，人生地不熟，唯有天下的山相同，唯有天下父母终老归去的地方相同，见山就如见父母了。